U0032610

清宮十大
疑案正解

閻崇年◎著

序

中華文明大講堂，零七開講。

綿延五千年畫卷，卷開清史。

近三百年清史疑案，拍案稱奇。

拍案稱奇大家，閻姓崇年。

　　這是2007年始在北京電視台衛視頻道播出的一條節目宣傳片的解說詞，介紹的是今年新推出的「中華文明大講堂」首輪亮相的節目，即由北京社會科學院研究員、北京滿學會會長、中國紫禁城學會副會長閻崇年先生開講的「清宮疑案正解」，共12講。

　　「中華文明大講堂」的推出，是這次北京衛視頻道改版的重要舉措之一，是這個頻道每晚10點開闢的文化通檔節目之一，是體現北京電視台「文化品位，大家風範」節目定位的一個範例。這樣一檔文化內涵深厚、表現形式沉穩的節目，能達到預期的收視效果嗎？能被廣大觀眾接受嗎？說實話，開始時我這個做台長的心裡也在打鼓。

　　現在兩個多月過去了，我的心情放鬆多了。我注意到這個節目播出後，收視率穩步上升。收視特點是：進入收視調查的人群基本就不離開，50分鐘收視曲線始終呈上升趨勢。這說明一旦看了這個節目的觀眾，就會忠誠地看下去。節目播出一段時間後，收視率已達到2.68，占據當週衛視頻道節目收視率排行榜第七名，進入北京地區各頻道收視率統計的前50名，實屬不易。而中華書局以首印10萬冊為閻先生的《清宮疑案正解》*出版圖書「買單」，更證實了

---

*繁體版改名《清宮十大疑案正解》。

這樣一檔文化內涵深厚的節目是被廣大觀眾認可的,是被社會所接受的。作為台長,我也覺得很欣慰。

凡是一個成功的節目,總有它成功的原因,我想至少可以給「中華文明大講堂」的首戰告捷總結這麼三條經驗:

一、社會有需求,市場已證明。電視節目是個萬花筒,要適應各種觀眾的需求。而由名師大家講演的具有深厚文化內涵的節目,是否社會也需要呢?2.68的收視率和出版社「買單」,證明了這一點。這說明了我們的社會在進步,觀眾也需要高品位的文化作品。他們完全有能力欣賞這類作品。這也堅定了我們走「文化品位,大家風範」的創作之路的決心。

二、學者使電視深刻,電視讓學者有為。我們的節目製作人員借助電視傳媒這個平台,調動了盡可能多的電視手段,讓高深的知識大眾化,讓觀眾樂於接受。學者的學識與電視藝術形象的表現手法在這裡相得益彰。

三、閻先生個人的作用功不可沒。「名人效應」在電視這個行業是一種「規律」,節目中有公眾人物就能吸引觀眾的「眼光」。我認為閻先生算是個公眾人物,但我更欣賞的是閻先生的「學者」風範。閻先生講東西沒有更多的華麗詞藻,沒有更多的渲染誇張,而他分析問題的嚴謹、縝密,演講思路的清晰、明瞭,給人一種真實可靠的「正解」感受。包括我本人,儘管工作十分繁忙,也願意忙裡偷閒爭取看一看閻先生講的內容。

我贊成閻先生對他講史概括的「求知、求真、求勵、求愉、求鑑」的說法:

——求知,歷史會提供豐富有趣的知識;
——求真,歷史會提供江山風雨的真實;
——求勵,歷史會提供修齊勵志的經驗;

——求愉，歷史會提供賞心悅目的愉悅；

——求鑑，歷史會提供參政資治的通鑑。

最後，請允許我代表北京電視台感謝閻崇年先生對「中華文明大講堂」開篇之作付出的辛勞，感謝觀眾讀者對節目和讀物的厚愛。也祝願從「中華文明大講堂」中湧現出更多的名師大家，湧現出更多弘揚中華文明、弘揚中華傳統文化的好作品，以饗廣大觀眾和讀者。

北京電視台台長　劉愛勤

目　次

引　言

　　近年來，出現了一股「清史熱」。很多人都關心清史，尤其是清宮疑案。1992年我到臺灣進行學術交流，接待方組織大陸清史專家和臺北市民就清宮歷史問題進行座談。座談會上，一位臺北市民問道：清宮疑案究竟有多少？我略加思索後回答：大約有上百起。最近我到一些地方演講，每到一處都會有人問到清宮疑案的問題。

　　這些事例給我的印象是，許多人都關心清宮疑案，希望更深入地了解這些案子的真相。因此，我把這大約百起的清宮疑案梳理了一下，選出10椿疑案，一件一件地進行「正解」。此外，還對很多讀者和觀眾比較關心的兩個問題，即清朝宮廷教育和清朝宮廷過年，予以介紹。

　　為什麼要進行正解呢？因為：這些疑案發生在清宮──從興京（赫圖阿拉）、東京（遼陽）、盛京（瀋陽）到北京，從清太祖努爾哈赤到末帝溥儀，時間既久遠，又多係皇帝家事、宮闈秘聞，外人難得其詳。於是，正史野史、官私記載、筆記小說，或為尊者諱，或道聽塗說，對同一事件的記載歧異紛紜。更為這些疑案增加了幾分玄秘色彩，顯得撲朔迷離，讓人難窺真情。這就需要根據史料，辨偽存真，揭開歷史迷霧，恢復事件的本來面目。這就是我所說的「正解」，它與「戲說」的最大不同在於完全根據史料，有一說一，有二說二，而不進行藝術的渲染和誇張。

　　下面，我們開始《清宮疑案正解》的第一講──〈努爾哈赤斬子〉。

努爾哈赤斬子

努爾哈赤朝服像

有一齣京劇叫《戚繼光斬子》。後來有學者考證，歷史上沒有這件事。所以，「戚繼光斬子」是戲說，是藝術創作。那麼，努爾哈赤斬子，眞有其事嗎？大家知道，努爾哈赤是清朝的開國皇帝，被尊爲太祖；而斬子之舉，違背常理，自然爲清朝皇家所忌諱，因而史書缺乏記載。努爾哈赤斬子，遂成爲清宮的第一大疑案。

本講分爲三個題目：一、褚英其人；二、殺子始末；三、情理衝突。

一、褚英其人

努爾哈赤先後娶有16位妻子，共生育16個兒子和8個女兒。褚英是努爾哈赤的長子。努爾哈赤19歲結婚分家，娶了女眞女子佟佳氏・哈哈納札青（又叫詹泰）爲妻。第二年，他們生下一女，即東果格格。後來佟佳氏又生下兩個男孩：長子叫褚英（1580-1615），次子叫代善（1583-1648）。

褚英，萬曆八年（1580）生，這年努爾哈赤21歲。努爾哈赤起兵時，褚英只有4歲，代善才1歲。努爾哈赤帶兵打仗，主要將領是他的胞弟舒爾哈齊和五大臣費英東、額亦都、何和里、安費揚古、扈爾漢等。

概括起來，褚英的一生有「三幸」和「三不幸」。

「三幸」是：其一，出生在努爾哈赤家，父親後來成爲大清國的開創者；其二，從小在父輩和費英東、額亦都等傑出將領那裡學習軍事技藝和知識，長於弓馬，武藝高強；其三，參加烏碣岩等大戰，受到鍛鍊，得到父汗的重用。

「三不幸」是：其一，母親死得較早，父親在危難中起兵，他很少享受家庭的溫暖；其二，家庭時時遇風險，處處遭劫難，所

以他很小就開始了馬背生涯，在刀光劍影、動盪不安的環境裡成長；其三，那時女眞沒有文字，他沒有上過學，也沒有受過正規系統的教育，缺乏心智韜略。

褚英的「三幸」和「三不幸」，既成就了他，也最終毀滅了他。

褚英19歲的時候，首次帶兵打仗。《清太祖實錄》記載：萬曆二十六年（1598）褚英率兵征東海女眞安楚拉庫路，收取20多個屯寨的部民而回，被賜號「洪巴圖魯」（漢語意爲「旺盛的英雄」）。褚英眞正嶄露頭角是因爲他在烏碣岩之戰中的出色表現，透過這次大戰，他受到父親努爾哈赤的重視。

萬曆三十五年（1607）正月，努爾哈赤派胞弟舒爾哈齊、長子褚英、次子代善護送新歸附的部眾回建州。在歸路上，烏拉部貝勒布占泰派大將博克多率1萬兵馬橫行攔截（《滿文老檔》卷一）。雙方在圖們江畔的烏碣岩（今朝鮮鐘城境內）進行了一場大戰。

烏拉部是海西女眞四部中一個兵強馬壯的大部，烏拉城在今吉林省吉林市永吉縣烏拉街鄉。萬曆二十一年（1593年）六月，烏拉部和海西女眞另三部葉赫、哈達、輝發，因努爾哈赤所在的建州部日益強大而不安，組成聯軍對建州發動進攻，結果被打敗。同年九月，葉赫、哈達、烏拉等九部聯軍3萬之眾，在古勒山與努爾哈赤所部奮力一戰，結果，葉赫貝勒布齋等4000人被斬殺，烏拉貝勒滿泰之弟布占泰被俘。

努爾哈赤爲了彌合矛盾，結好烏拉，將布占泰送回並扶持他做了烏拉貝勒。建州和烏拉先後五次聯姻：努爾哈赤的女兒穆庫什、舒爾哈齊的兩個女兒額實泰和娥恩哲，都先後嫁給烏拉貝勒布占泰爲妻；布占泰的哥哥滿泰（原烏拉貝勒）的女兒阿巴亥嫁給努爾哈赤爲妻，後來生了阿濟格、多爾袞和多鐸。布占泰的妹妹乎奈又是舒爾哈齊的妻子。可以說，兩部是親上加親。

　　但是，這種以政治利益為紐帶的聯姻，並不能徹底彌合雙方的矛盾。烏碣岩大戰是兩部矛盾的突出表現。

　　在烏碣岩大戰中，舒爾哈齊顧及和烏拉貝勒的姻親關係，便同部將常書和納齊布率兵停在山下，畏葸不前，觀戰不動。建州扈爾漢、揚古利則在山上樹柵紮營，派兵守護帶來的500戶，率200人同烏拉軍前鋒格鬥。隨後褚英與代善各率兵五百，分兩路夾擊烏拉軍。褚英率先衝入敵陣，時天寒雪飛，雙方戰鬥異常激烈，最終烏拉兵大敗（《清史列傳》卷三）。代善擒斬烏拉大將博克多。這一仗，建州兵斬殺烏拉兵3000級，獲馬5000匹，甲3000副，烏拉兵敗兵逃竄，「如天崩地裂」（《李朝宣祖大王實錄》卷二〇九）。

　　烏碣岩大戰不僅大大地削弱了烏拉部的力量，而且打通了建州通向烏蘇里江流域和黑龍江中下游地區的通道。在建州內部則引起努爾哈赤與舒爾哈齊兄弟、努爾哈赤與褚英父子兩個關係的重大變化。

　　第一，兄弟之間矛盾激化。舒爾哈齊（1564-1611），是努爾哈赤的胞弟，努爾哈赤10歲喪母時，舒爾哈齊才5歲。努爾哈赤起兵後，舒爾哈齊跟隨長兄，作為副手，四處征戰，屢立戰功，二人相互扶持，相處和諧。但隨著實力的不斷壯大，兄弟之間卻漸漸出現裂痕。萬曆二十三年（1595），舒爾哈齊向朝鮮來使申忠一說：「日後你僉使（官

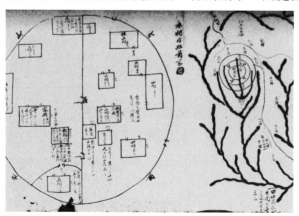

《建州紀程圖記》之「努爾哈赤家院圖」

名）若有送禮，則不可高下於我兄弟。」這表露出舒爾哈齊對已獲權位與財富並不滿足，想和長兄爭名利、爭權位。萬曆二十七年（1599），建州兵征哈達時，「出兵之時，無不歡躍」，勇敢衝殺，驅騎爭鋒。舒爾哈齊卻在哈達城下畏縮，遭到努爾哈赤的當眾怒斥，他們兄弟之間的裂痕進一步加深。

烏碣岩大戰，更令努爾哈赤對舒爾哈齊不滿，他下令將舒爾哈齊的兩員大將常書、納齊布論死，這明顯是在殺雞儆猴、敲山震虎。舒爾哈齊苦苦懇求說：「若殺二將，即殺我也！」努爾哈赤最終答應免二將死，但罰常書銀百兩，奪納齊布所屬牛錄（《滿洲實錄》卷三）。而且，此後努爾哈赤不再派遣胞弟舒爾哈齊將兵，削奪了他的兵權。

舒爾哈齊被奪去兵權後，鬱悶不樂，常出怨言，認為活著還不如死了的好。不久，他移居黑扯木（地名），遠離胞兄。據《滿文老檔》記載：萬曆三十七

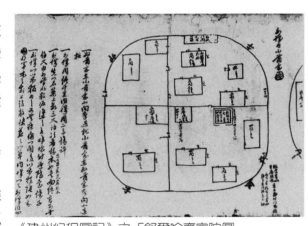

《建州紀程圖記》之「舒爾哈齊家院圖」

年（1609）三月十三日，努爾哈赤「盡奪賜弟貝勒之國人、僚友以及諸物」，又命將忠於舒爾哈齊的大臣烏爾坤吊在樹上，下積柴草，以火燒死。這明顯是給舒爾哈齊臉色看。

舒爾哈齊口頭上表示悔改，而心中更加鬱憤難平，史書上記載說：「弟貝勒仍不滿其兄聰睿恭敬汗之待遇，不屑天賜之安樂生活，遂於辛亥年（萬曆三十九年）八月十九日卒。」（《滿文老

舒爾哈齊墓山門

《檔》上，第一冊）

　　關於舒爾哈齊之死，清朝史書記載的都非常簡略。《清太祖高皇帝實錄》萬曆三十九年（1611）八月記載：「上弟達爾漢（漢語意爲「神聖」）巴圖魯貝勒舒爾哈齊薨，年四十八。」清朝官書都僅用一個「薨」字，記述舒爾哈齊的死。舒爾哈齊的墓在東京陵（今遼寧遼陽）。明朝人和朝鮮方面記載說努爾哈赤對其胞弟舒爾哈齊「計殺之」、「腰斬之」，但不是直接史料。所以說，舒爾哈齊究竟是病死，幽禁而死，還是被努爾哈赤殺死？實際情形不得而知，成爲一個歷史之謎。

　　至於努爾哈赤與舒爾哈齊兄弟矛盾逐漸激化的原因有三說：

　　其一，明朝人認爲，他們兄弟之爭是因對明朝政策的分歧；

　　其二，朝鮮人認爲，他們兄弟之爭是因對權位利益的貪欲；

　　其三，近年有人認爲，他們兄弟爲了爭奪一個女人——葉赫老女。這毫無根據，當屬戲說。

　　第二，褚英地位迅速上升。《無圈點老檔》開篇記載：萬曆三十五年（1607），褚英28歲，在烏碣岩之戰中，立下大功，被賜號阿爾哈圖土門（漢語爲「廣略」之意，也就是「大智勇」的意思）。第二年，褚英偕貝勒等率軍進攻烏拉，攻克宜罕山城。旋因居長，屢有軍功，被授命執掌國政（《清史列傳·褚英》）。這年

他29歲。

　　但是，「福兮禍之所伏」。褚英執掌國政，對這位年輕貝勒來說，是福還是禍？

二、殺子始末

　　褚英柄政之後，因年紀輕，資歷較淺，而又心胸褊狹，操切過急，受到「四貝勒」、「五大臣」內外兩方面的反對。

　　「四貝勒」即努爾哈赤「愛如心肝」的四個子侄：次子代善、侄子阿敏、五子莽古爾泰、八子皇太極。代善是褚英的胞弟，比褚英小3歲；阿敏是褚英的堂弟、舒爾哈齊第二子，父親死後被努爾哈赤收養；莽古爾泰是褚英的五弟，作戰驍勇、騎射精通；皇太極是褚英的八弟，聰睿精明、武藝高強。他們擁權勢、統軍隊、厚財帛、領部民，以德、功、長、能，於天命元年（1616）被授為和碩貝勒。

　　建州沒有立嫡以長的傳統，諸弟們不滿於褚英當嗣子、主國政的地位。但他們如果直接上告對長兄的不滿，似有爭嗣之嫌，於是同「五大臣」聯合，傾軋褚英。

　　「五大臣」就是努爾哈赤「信用恩養、同甘共苦」的費英東、額亦都、何和里、安費揚古、扈爾漢。他們早年便追隨努爾哈赤，威望高、權勢重、歷戰陣、建殊勳，攻克圖倫城時褚英尚在襁褓之中。

　　五大臣也不滿於褚英專軍機、裁政事的地位，力求同「四貝勒」結合，共同扳倒褚英。「五大臣」首告嗣儲褚英，似有貳心之嫌。

　　從褚英方面來說，他對「五大臣」這樣建州的「柱石」和「元勳」，缺乏謙恭的態度；對諸弟又沒有籠絡的智術，而是想趁

父汗努爾哈赤在世時，逐漸削奪他們的財富和權力，以便鞏固自己的儲位。這樣的做法使「四貝勒」與「五大臣」人人自危，更促進了他們的聯合。由是，褚英陷於孤立。

雙方矛盾的逐漸明朗化和日漸激化，使努爾哈赤不得不在長子褚英和「四貝勒」、「五大臣」之間作一個抉擇。他反覆權衡，最終決定疏遠褚英。爾後兩次進攻烏拉，努爾哈赤都沒有派褚英出征，而讓他在家留守。

褚英並沒有從中汲取教訓，反躬自省，暗自韜晦。相反，《清史稿‧褚英傳》記載：「褚英意不自得，焚表告天自訴。」於是獲「咀呪」之罪（《清史稿》卷二一六）。萬曆四十一年（1613）三月二十六日，努爾哈赤命將長子褚英幽禁在高牆之中。

「四貝勒」和「五大臣」藉機聯合向努爾哈赤告發褚英。努爾哈赤讓他們每人寫一份文書呈送。《滿文老檔‧太祖》癸丑年即萬曆四十一年（1613）記載他們控告褚英的「罪狀」是：

第一，褚英挑撥離間，使「四貝勒」、「五大臣」彼此不和；

褚英墓

第二，聲稱要索取諸弟貝勒的財物、馬匹，引起諸弟不滿；

第三，曾言：「我即位後，將誅殺與我為惡的諸弟、諸大臣。」

這些罪狀無疑加速了褚英的悲劇進程，而他此時已經失去了申辯的權利。

萬曆四十三年（1615）八月二十二日，褚英死，年僅36歲。後葬在清東京陵。

褚英是病死，是幽禁而死，還是被處死？在褚英死後300多年時間裡一直是一個歷史之謎。《清史列傳‧褚英》、《清史稿‧褚英傳》記載：「乙卯閏八月（《無圈點老檔》記作『八月』），死於禁所。」也沒有交代褚英的死因。《滿文老檔》記載褚英事蹟也很簡略。

褚英死因之謎是怎樣被揭開的呢？事情是這樣的：1962年，在臺灣臺中市霧峰北溝故宮博物院地庫裡，發現了《滿文老檔》（即《無圈點老檔》）。後廣祿、李學智先生以《老滿文原檔》為書名加以介紹。1969年臺北故宮博物院加以影印出版，以《舊滿洲

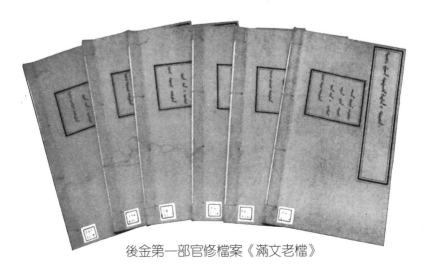

後金第一部官修檔案《滿文老檔》

檔》作書名，陳捷先教授撰寫長文介紹。1998年我在中國第一歷史檔案館看到乾隆時期對這份「老檔」的整理與重抄的檔案。當年官員從滿本堂（收藏滿文檔案房）借還書以及呈送時都用《無圈點老檔》這個名字，於是稱它作《無圈點老檔》，並且對其七部重鈔本也分別定了名稱。《無圈點老檔》中對褚英之死作了記載，從而解開了褚英死因之謎：

> 聰睿恭敬汗以其長子阿爾哈圖圖們，心術不善，不認己錯，深恐日後敗壞治生之道，故令將其囚居於高牆內。經過二年多之深思，慮及長子若生存，必會敗壞國家。倘憐惜一子，則將危及眾子侄、諸大臣和國民。遂於乙卯年聰睿恭敬汗五十七歲，長子三十六歲，八月二十二日，始下決斷，處死長子。

　　上面引文，自「經過」以下，至「長子」以上，在《無圈點老檔》中被圈畫刪掉，爲《無圈點老檔》乾隆朝各種重鈔本所諱闕。現看到《無圈點老檔》六種鈔本──《無圈點字檔》（草本）和《加圈點字檔》（草本）、《無圈點字檔》（內閣本）和《加圈點字檔》（內閣本）、《無圈點字檔》（崇謨閣本）和《加圈點字檔》（崇謨閣本）都沒有記載上述文字。乾隆皇帝在命臣工重抄《無圈點老檔》時，諭旨圈畫刪掉努爾哈赤命殺死長子褚英這段重要史料，是爲親者、尊者、貴者、賢者諱，不讓創建龍興大業的清太祖，留下殘暴的痕跡。

　　滿洲宗室有個傳統，父親獲罪死後，並不影響其子被任用。比如舒爾哈齊死後，子阿敏後位列四大貝勒，濟爾哈朗爵鄭親王，官至攝政王；褚英被殺，他的三個兒子，長子杜度後爲貝勒，三子尼堪後爲親王，都受到重用。

幾百年來，人們一直在探詢：努爾哈赤究竟為什麼在短短幾年時間裡，幽死胞弟、殺死親子、骨肉相殘，做出這麼違背常理的事情？要知道，舒爾哈齊、尤其是褚英，不僅是他的骨肉至親，而且是他創業過程中的得力助手、股肱之臣，究竟是什麼樣的原因，最終促使努爾哈赤下定決心殺害他們呢？

三、情理衝突

有人試圖從努爾哈赤性格上找原因，認為：「奴酋為人猜厲威暴，雖其妻子及素親者，少有所忤，即加殺害，是以人莫不畏懼。」（〔朝鮮〕李民寏，《建州聞見錄》）

也有人從利益上找原因，認為努爾哈赤是要保住自己至高無上的地位。

還有人從戀情上找原因，說他們父子為了爭奪一個女人。這毫無根據，當屬戲說。

事實上，努爾哈赤也是一個有手足情、父子情的人，幽弟殺子之事實屬無奈。特別是年老之後，努爾哈赤每每回顧這些事情，都心懷慚德，久不平靜。應當說努爾哈赤一生最後悔的事就是

褚英第三子、敬謹親王尼堪墓碑

囚殺了長子褚英。爲了不願再看到子孫們骨肉相殘的事，天命六年（1621）正月十二日，天命汗召集諸子姪孫代善、阿敏、莽古爾泰、皇太極、德格類、濟爾哈朗、阿濟格、岳託等，對天地神祇，焚香設誓：

> 今禱上下神祇：吾子孫中縱有不善者，天可滅之，勿令刑傷，以開殺戮之端。如有殘忍之人，不待天誅，遽興操戈之念，天地豈不知之？若此者，亦當奪其算。昆弟中若有作亂者，明知之而不加害，俱壞（懷）禮義之心，以化導其愚頑。似此者，天地祐之，俾子孫百世延長。所禱者此也。自此之後，伏願神祇，不咎既往，惟鑑將來。（《清太祖武皇帝實錄》卷三）

當然，後金執政集團內部的鬥爭，不會因努爾哈赤率領眾子姪等對神祇設誓而化解或消失。同樣，「懷禮義之心」的諸王貝勒，對於覬覦汗位者，也不能「化導其愚頑」。有汗位，必有爭奪；有爭奪，必有廝殺。

清太祖努爾哈赤從萬曆十一年（1583）起兵，到天命十一年（1626）逝世，共44年。其間，滿洲宗室內部先後發生過三次大的衝突：第一次是努爾哈赤與胞弟舒爾哈齊的鬥爭，第二次是努爾哈赤與長子褚英的鬥爭，第三次是努爾哈赤與次子代善的鬥爭。應當說，滿洲宗室在44年間發生三場大的衝突，並不算多。努爾哈赤的高明之處在於，這三場衝突都迅速得到處理，化風浪爲平靜，化兇險爲平夷，沒有釀成大的裂變；相反，每鬥爭一次，滿洲宗室內部不是分裂、而是整合，不是衰弱、而是堅強。

努爾哈赤事業成功的一大法寶，清朝興起的一個經驗，就是堅

後金東京
城天佑門

持一個「合」字。有人說，像努爾哈赤這樣，哥哥把弟弟幽禁致
死，父親把兒子殺了，這應當是「分」啊，怎麼能說「合」呢？

　　努爾哈赤是一位具有遠大政治抱負的政治家，當他的力量還很
弱小時，他需要一支強有力的骨幹隊伍，同心同德，朝著既定的大
目標共同奮鬥。這其中出現不和諧的音符，他就要去調整。當正常
手段無法協調時，萬不得已，他只能採取非常手段，來求得整體
的和諧。這個骨幹隊伍主要是兩個集團：一個是宗室貴族集團，
如褚英、代善、阿敏、莽古爾泰、皇太極等；另一個是軍功貴族集
團，如費英東、額亦都、何和里、安費揚古、扈爾漢等。當褚英被
推到執掌國政的地位時，因為他沒有恰當地處理好各種關係，兩個
集團的主要成員都反對他。努爾哈赤不處理褚英，就會出現三個不
合：宗室貴族不合、軍功貴族不合、宗室貴族與軍功貴族不合。除
掉褚英之後，既使宗室貴族合，又使軍功貴族合，更使宗室貴族與
軍功貴族大合。

　　歷史證明，清初宮廷經過舒爾哈齊、褚英、代善三大事件
後，出現了三次政治飛躍：創建八旗制度、建立後金政權、進入遼
瀋地區，從而為大清事業奠定了基礎。

　　由上可以看出，所謂「合」不是沒有矛盾、沒有差異、沒有鬥爭、沒有衝突，而是妥善處理、恰當整合、化險為夷、整分為合。就是說「合一分一合」的過程，本來是合，雖然有分，不是分裂，而是疏理，整分為合，出現新合。以小分，促大合；以舊分，成新合。這就是「努爾哈赤斬子」故事給後人的歷史啟示。

相關推薦書目

(1) 孟森，《清太祖殺弟事實考》，《明清史論著集刊》（中華書局，2006）。

(2) 閻崇年，《清朝通史・太祖朝》（紫禁城出版社，2003）。

(3) 周遠廉，《清太祖傳》（人民出版社，2004）。

(4) 閻崇年，《清朝第一帝努爾哈赤》（華文出版社，2005）。

(5) ———，《正說清朝十二帝》（增訂圖文本）（中華書局，2006）。

第二講
太宗蒙古后妃

皇太極像

　　崇德元年（1636）四月，皇太極登極稱帝，同時冊封「一后四妃」。有趣的是，這一后四妃全部都是蒙古族人，而且都姓博爾濟吉特氏。

　　在中國自秦始皇到宣統2132年、349位皇帝的歷史上，一位皇帝同時冊封五個異民族同姓氏女子為「后妃」者，只有皇太極一人，真正是「前無古人，後無來者」。這究竟是為什麼？

　　為了回答這個疑問，我分作三個題目來講：一、一后四妃；二、政治婚姻；三、百年影響。

一、一后四妃

　　後金天聰九年即明崇禎八年（1635）八月，多爾袞率軍遠征蒙古察哈爾部時，有一個意外的收穫，就是得到了蒙古的大寶——「傳國玉璽」。

　　據說這顆玉璽，自漢朝傳到元朝。朱元璋派徐達率軍占領元大都（今北京）時，元順帝北逃，將玉璽帶在身邊。他死之後，玉璽失落。200年後，一位牧羊人，見一隻山羊三天不吃草，而用蹄跑於山岡下一個地方。牧羊人好奇，挖開此地，得到寶璽，上有漢文篆字「制誥之寶」。後來寶璽到了蒙古察哈爾部林丹大汗手中。林丹汗死後，由其遺孀蘇泰太后及其子額哲收藏。這次多爾袞率軍遠征蒙古察哈爾，蘇泰太后及子額哲歸順後金，遂將這顆「傳國玉璽」獻給天聰汗皇太極。

　　皇太極得到象徵「一統萬年之瑞」的天賜至寶，非常高興，親自告祭太祖福陵；同年十月，改族名為滿洲；翌年四月，改國號為大清。

　　崇德元年即崇禎九年（1636）四月十一日，皇太極在瀋陽宮殿舉行即皇帝位的隆重典禮，並冊封「一后四妃」：中宮皇后博爾濟

吉特氏哲哲、東宮關雎宮宸妃海蘭珠、西宮麟趾宮貴妃那木鐘、東次宮衍慶宮淑妃巴特瑪・璪、西次宮永福宮莊妃布木布泰。皇太極冊封的「一后四妃」都是蒙古族，也都姓博爾濟吉特氏。她們住在瀋陽皇宮的後宮，這裡是一座四合院。她們的身世，值得一講。

　　(一)中宮皇后：姓博爾濟吉特氏，名哲哲，她是皇太極的髮妻，蒙古科爾沁貝勒莽古思之女，萬曆二十八年（1600）生，四十二年（1614）與皇太極成婚，時年15歲，比皇太極小8歲。天聰元年（1627），因皇太極繼承汗位，她被封為大福晉。崇德元年（1636）皇太極做大清國皇帝，她被冊封為中宮皇后，住在中宮——清寧宮。這座宮殿，坐北朝南。她和皇太極生了三個女兒：皇二女、皇三女和皇八女，無子。有人認為皇后因為沒有生子，後來才將兩個姪女又嫁給了皇太極。其實，皇后生皇八女時，皇太極已經有了五個兒子。

　　皇后性格平和，主持後宮，不與兩位姪女 —— 宸妃和莊妃爭寵。皇太極逝世、順治帝即皇位後，尊其為皇太后，隨順治帝入關，居住在紫禁城裡。順治六年（1649）病逝，享年50歲（《清史稿·后妃傳》和《清皇室四譜》記載她享年51歲，不確），與皇太極合葬於昭陵（瀋陽北陵）。她可說是德冠後宮，年高善終。

　　(二)東宮關雎宮宸妃：姓博爾濟吉特氏，名海蘭珠，天聰八

中宮清寧宮

年（1634）嫁給皇太極（《清列朝后妃傳稿》載宸妃於天命十年嫁皇太極，誤），年26歲，皇太極年33歲，是皇太極生前最寵愛的一位妃子。她是中宮皇后哲哲的親侄女，也是永福宮莊妃布木布泰的姐姐。據說她以文靜、美麗、纏綿、嬌媚而博得夫君寵愛。她居住的宮殿名為「關雎宮」，取《詩經·關雎》中「關關雎鳩，在河之洲，窈窕淑女，君子好逑」名句，十足表示皇太極對她的深厚愛情。她曾為皇太極生過一子，即皇八子，皇太極曾為此大赦天下。但這個孩子不滿周歲，沒有起名，因病早夭。她痛苦過甚，悲傷至極，不久患病。崇德六年即崇禎十四年（1641），皇太極正在關係明清生死的松山大戰前線，聞妃病重訊後，竟不顧一切地從戰場趕回瀋陽宮中，可惜為時已晚，宸妃先一日死亡。皇太極悲痛萬分、「涕泣不止」、飲食不思、夜不成寐，甚至昏厥。這種真摯愛情發生於帝王身上，還是不多見的。海蘭珠與皇太極的婚姻生活只有7年，死時年僅33歲。他們生前恩愛異常，死後同穴共眠，兩人情義深濃，可謂無以復加。

（三）**西宮麟趾宮貴妃**：姓博爾濟吉特氏，名那木鐘，原是蒙古察哈爾部林丹汗的囊囊福晉，林丹汗西逃身死後，她在天聰九年（1635）五月二十七日，前來降附後金。皇太極隨即於同年七月將她納入後宮。

皇太極娶那木鐘時還有一段小的曲折。當那木鐘來降附時，貝勒阿巴泰等多人因為她是「察哈爾汗多羅大福晉」，請皇太極「納之」為妃。皇太極以「先已納一福晉（即下文要提到的東次宮衍慶宮淑妃巴特瑪·璪），今又納之，於理不宜」，而婉言拒之。皇太極命兄長大貝勒代善娶她為妻，大貝勒藉口「其貧而不娶」。諸貝勒再三堅請，認為這是「天賜」，不是「強娶」，皇太極這才同意。皇太極不僅娶了那木鐘，還把她帶來的一個蒙古女兒收養在宮裡（《清史稿·后妃傳》），後來又和那木鐘生了一個兒

子博穆博果爾。這位博穆博果爾後來在順治朝留下一段其愛妃同順治相戀的故事，我在下文會講到。皇太極逝世後，順治帝加封那木鐘爲懿靖大貴妃，康熙十三年（1674），那木鐘病死。她生下的林丹汗的遺腹子阿布奈，娶了公主，並在額哲死後，承襲其爵位。她的孫子、阿布奈之子布爾尼，康熙時反叛，被平定，除爵。

（四）東次宮衍慶宮淑妃：姓博爾濟吉特氏，名巴特瑪・璪，也曾是蒙古察哈爾部林丹汗的竇土門福晉。林丹汗死後，巴特瑪・璪於天聰八年（1634）閏八月二十八日，率眾降附後金。第二天，大貝勒代善等舉行盛宴歡迎歸附的蒙古諸大臣。第三天，大貝勒代善與眾和碩貝勒等上奏，請皇太極娶竇土門福晉爲妃。《清太宗實錄》裡記載了這件事。最初，皇太極不從。代善等認爲竇土門福晉「委身順運，異地來歸，其作合實由於天，上若不納，得毋拂天意耶？……皇上修德行義，允符天道，故天於皇上，特加眷佑」，皇上恩澤娶她，群庶無不歡欣。皇太極猶豫三天，想到「行師時，駐營納里特河，曾有文雉，飛入御幄之祥。今福金來歸，顯係天意，於是意始定」。命希福、達雅齊前往迎娶。

莊妃像

護送巴特瑪·璪來的蒙古人聞訊後，都高興地說：「皇上納之，則新附諸國與我等，皆不勝踴躍歡慶之至矣！」可見皇太極娶林丹汗的遺孀竇土門福晉，有著極大的政治意味。巴特瑪·璪嫁給皇太極時，有一個女兒，皇太極把她養在宮裡，就是《清史稿·后妃傳》記載的「蒙古養女」。皇太極後命十四弟多爾袞納娶衍慶宮淑妃的「蒙古養女」爲福晉。

　　（五）西次宮永福宮莊妃：姓博爾濟吉特氏，名布木布泰，是蒙古科爾沁貝勒塞桑的女兒，中宮皇后哲哲的侄女、關雎宮宸妃海蘭珠的妹妹。萬曆四十一年（1613）生，天命十年（1625）與皇太極成婚，時年13歲，皇太極35歲。崇德三年（1638），她爲皇太極生了皇九子福臨，就是後來繼承大清皇位的順治皇帝。布木布泰長得秀美，人很聰明，又知禮數，是皇太極后妃中最著名的，也是關係到清朝早期興亡的一個關鍵人物。莊妃在當初似乎不太得寵，皇太極特別鍾愛的是莊妃的姐姐關雎宮宸妃海蘭珠。在皇太極死後的政治鬥爭中，莊妃發揮了調和矛盾、安定局勢的作用。在康熙帝繼承大位以及扳倒鼇拜集團的鬥爭中，孝莊太后爲清朝作出了守成兼創業的貢獻。她的歷史地位是受到後人肯定的。當然這位名人的傳聞也很多，如下嫁多爾袞、勸降洪承疇等，這些傳聞的眞實性有待

莊妃居住的
永福宮

考證，不過倒是充分反映了她的聰慧、和善、美麗、端莊。布木布泰死於康熙二十六年（1688），享年75歲。

婆蒙古族女子爲福晉，皇太極並不是首創，他是繼承了父親努爾哈赤的做法。努爾哈赤有16位后妃，其中婆自蒙古科爾沁部的有兩人。萬曆四十年（1612），努爾哈赤婆蒙古科爾沁部貝勒明安之女，這是後金大汗與蒙古貝勒的第一次聯姻。萬曆四十三年（1615），明安之弟孔果爾（一作洪果爾），又以其女送給努爾哈赤爲妻。這位蒙古博爾濟吉特氏福晉，到康熙四年（1665）才故去，是努爾哈赤后妃中年壽最高的一位。

那麼，努爾哈赤和皇太極父子爲什麼在娶后妃時對蒙古族女子情有獨鍾呢？這要從滿蒙政治因素去思考。

二、政治婚姻

當時中國的政治舞台上，有明朝、蒙古、滿洲三大政治勢力，明朝和滿洲是主要對手，而蒙古是雙方都必須爭取的政治力量。如果滿洲與蒙古聯盟，就形成滿、蒙兩個拳頭打明朝的態勢；如果明朝與蒙古聯盟，就形成明、蒙兩個拳頭打滿洲的態勢。因此，滿洲要同明朝爭天下，關鍵問題之一就是要建立滿蒙聯盟。

有人說：滿洲與蒙古有共同的政治利益。努爾哈赤就曾經說過，明與蒙古仇讎也。明朝推翻了蒙古人建立的元朝，滿洲要利用蒙古與明朝的歷史仇結，聯合蒙古各部，共同對付明朝。

有人說：滿洲與蒙古在生活、習俗、語言、宗教等方面，有共同或相似之處，這爲滿蒙聯姻提供了方便的條件。

這些說法都有一定道理，但在清初出現滿蒙聯姻的原因，我們還要從政治角度加以具體的分析。

蒙古草原生活圖

　　皇太極的「一后四妃」，都姓博爾濟吉特氏，而博爾濟吉特氏是蒙古黃金家族的姓氏。

　　所謂蒙古黃金家族，是指成吉思汗的後裔。我們先簡單回顧一下這個家族的歷史。成吉思汗的後裔在他第十五世孫達延汗時有了大的發展。達延汗，名巴圖蒙克，6歲即汗位。他的父親巴延蒙克，和其叔滿都魯，結成聯盟。滿都魯即大汗位，巴延蒙克為濟農（相當於輔政、副汗）。後來，因部族之間的紛爭，二人同敗，相繼而死。滿都魯汗的遺孀滿都海福晉扶立巴圖蒙克即汗位，尊稱達延汗，並同他結婚。這年，一說滿都海福晉33歲，巴圖蒙克汗只有6歲。滿都海福晉輔佐年幼的達延汗，執掌政事，發誓報仇，維護黃金家族統治。滿都海福晉率軍出征，馳騁大漠，打敗梟雄，消滅仇敵，鞏固統治。達延汗年長後，親自執政，厲行改革，強化汗權，重分領地。達延汗分封諸子，建左右兩翼六個萬戶——左翼三萬戶為察哈爾萬戶、兀良哈萬戶和喀爾喀萬戶；右翼三萬戶為鄂爾多斯萬戶、土默特萬戶和永謝布（哈喇愼、阿蘇特）萬戶。左翼三萬戶由大汗直接統轄，大汗駐帳於察哈爾萬戶；右翼三萬戶由濟農代表大汗進行管轄，濟農駐帳於鄂爾多斯萬戶。這成為後世蒙古

各部落形成的起源，影響極為廣泛而深遠。達延汗為人「賢智卓越」（《李朝成宗大王實錄》卷一七五），控弦十萬騎。一說他在位74年，享年80歲（《蒙古源流》卷六）。

明代後期蒙古已逐漸形成三大部：第一，漠西厄魯特蒙古，生活在蒙古草原西部直至準噶爾盆地一帶；第二，漠北喀爾喀蒙古，生活在貝加爾湖以南、河套以北；第三，漠南蒙古，生活在蒙古草原東部、大漠以南。

漠南蒙古夾在明朝與後金中間，因此後金最早同漠南蒙古發生政治聯繫和政治聯姻。

努爾哈赤時期，重點與漠南蒙古科爾沁部聯姻。蒙古科爾沁部，是達延汗分封左翼喀爾喀萬戶後裔。駐牧在嫩江流域，東鄰女真葉赫部，西界蒙古扎魯特部，南接蒙古內喀爾喀部，北臨嫩江上游地區。

蒙古科爾沁部與女真建州部的關係，是從戰爭開始的。萬曆二十一年（1593），科爾沁部貝勒明安率蒙古兵萬騎，參加以葉赫為首的九部聯軍，圍攻努爾哈赤的建州部，在古勒山兵敗後尷尬地逃回。翌年，「北科爾沁部蒙古貝勒明安，喀爾喀五部貝勒老薩，始遣使通好」（《清太祖高皇帝實錄》卷二）。這是科爾沁部初次遣使建州。此後，「蒙古各部長遣使往來不絕」（《滿洲實錄》卷二）。

科爾沁部雖遣使與建州和好，但並不認輸。萬曆三十六年（1608）三月，建州兵往攻烏拉部的宜罕山城，「科爾沁蒙古翁阿岱貝勒與烏拉布占泰合兵」據守（《滿文老檔》卷一），科爾沁軍遙望建州兵強馬壯，自知力不能敵，便撤兵，求盟姻。努爾哈赤不計較科爾沁以往動兵的舊惡。他說：「俗言：『一朝為惡而有餘，終身為善而不足。』」（《滿洲實錄》卷三）同意與科爾沁棄舊怨、結姻盟。萬曆四十年（1612），努爾哈赤聞科爾沁貝勒明安

《滿洲實錄》之「（喀爾喀蒙古）恩格德爾來上尊號」圖

的女兒博爾濟吉特氏「頗有丰姿，遣使欲娶之。明安貝勒遂絕先許
之婿，送其女來」（《清太祖武皇帝實錄》卷二）。努爾哈赤以禮
親迎，大宴成婚。這是建州與科爾沁聯姻的開始。

　　天命元年（1616），努爾哈赤黃衣稱朕，科爾沁貝勒翁果岱
之子奧巴（又作鄂巴）與努爾哈赤結盟。不久，奧巴親謁努爾哈
赤，受封土謝圖汗，娶努爾哈赤養女、侄子圖倫之女為妻。至
此，蒙古科爾沁各部，全都歸附後金。

　　努爾哈赤自己娶了兩位科爾沁部的格格，又給第八子皇太極娶
了兩位科爾沁部的格格，第十二子阿濟格娶科爾沁部貝勒孔果爾的
女兒為妻，第十四子多爾袞娶桑阿爾寨台吉的女兒為妻。

　　天命汗還以召見、賞賚、賜宴等形式，撫綏科爾沁王公貴
族。漠南蒙古科爾沁部成為後金的政治同盟和軍事支柱。努爾哈赤

採用撫綏分化和武力征討的兩手政策，在蒙古科爾沁部取得完全的成功。

皇太極時期，重點與漠南蒙古察哈爾部聯姻。蒙古察哈爾部林丹汗，與天聰汗皇太極同歲。當時察哈爾部實力雄厚，其勢力範圍，東起遼東，西至洮河，擁有八大部、二十四營，號稱四十萬蒙古。林丹汗有「帳房千餘」（《明神宗實錄》卷三七三），牧地遼闊，部眾繁衍，牧畜孳盛，兵強馬壯，自稱全蒙古大汗。林丹汗嘗稱：「南朝止一大明皇帝，北邊止我一人。」（《崇禎長編》卷十一）因之，林丹汗希望恢復大元可汗的事業，南討明朝撫賞，東與後金爭雄，號令漠南蒙古。明朝主要採取「以西虜制東夷」的策略，聯合林丹汗，共同抵禦後金。林丹汗接受明朝撫賞，妨礙後金攻明。後金為對抗明朝，必須先征撫察哈爾林丹汗。皇太極即位後，西向三次用兵，其主要目標是察哈爾部林丹汗。天聰八年即崇禎七年（1634），林丹汗兵敗，逃至青海打草灘，患疾而死。天聰九年即崇禎八年（1635），皇太極命多爾袞等統軍三征察哈爾部。多爾袞等師至黃河以西托里圖地方，遇到林丹汗遺孀蘇泰太后及其子額哲大營。蘇泰太后是葉赫貝勒金台什的孫女，金台什同皇太極則是姑表兄弟。這次出兵，多爾袞將蘇泰太后之弟南褚帶在行營中。他將南褚派往蘇泰太后營帳，去見其姐蘇泰太后及外甥額哲。蘇泰太后慟哭而出，與其弟抱見。於是，蘇泰太后令子額哲率眾出降。

林丹汗有遺孀「八大福晉」，分別代表著八支力量。為了妥善安置這些蒙古部落，皇太極娶了囊囊福晉和竇土門福晉，鄭親王濟爾哈朗娶了蘇泰太后，長子豪格娶了伯奇福晉，七兄阿巴泰娶了俄爾哲圖福晉。此外，二兄代善娶了林丹汗之妹泰松公主，皇太極的女兒馬喀塔下嫁林丹汗的兒子額哲，多爾袞娶了竇土門福晉的蒙古養女（一說是林丹汗的遺腹女）等等。滿洲宗室同察哈爾部聯

姻，從而構成錯綜複雜的姻盟關係。

這樣，皇太極採取「懾之以兵，懷之以德」的謀略，透過軍事、政治和姻盟等手段，征服了蒙古察哈爾部。漠南蒙古，歸於一統。

不難看出，皇太極的「一后四妃」，雖然不能完全排除感情因素，但基本上是政治婚姻。他透過「一后四妃」，與蒙古科爾沁部、察哈爾部聯姻，化敵為友，化仇為親，有效地促進了清初事業的發展。

三、百年影響

從努爾哈赤開始、皇太極繼承並發展的滿蒙聯姻，對清朝前期乃至整個清朝歷史的發展，起了極為重要的作用。

天命朝。努爾哈赤要對付明朝，光靠女眞——滿洲的力量是不夠的。它首先要同蒙古聯盟。努爾哈赤興起時，蒙古各部首領視之為仇敵。科爾沁貝勒明安出兵參加九部聯軍之戰就是一個例證。此戰之後，雙方態度都有所轉變。先是通婚，繼是通使，再是結盟，復是設旗，後是重教。蒙古科爾沁部，由原來建州的敵人而成為滿洲的朋友。努爾哈赤通過與蒙古科爾沁部聯姻，在蒙古各部整體鏈條上，打開一個化敵為友的缺口。蒙古八旗就是從科爾沁部開始建立的。

天聰朝。皇太極繼續其父同蒙古聯姻的政策。這個時期，皇太極的妻子不僅有科爾沁部人，而且有察哈爾部人。此外，皇太極的兩個幼弟：多爾袞娶蒙古科爾沁部莽古思之妹為妻，多鐸娶莽古思之女為妻。這表明漠南蒙古同滿洲結成了政治—軍事的聯盟。

崇德朝。皇太極透過冊封蒙古博爾濟吉特氏為「一后四妃」，使得滿蒙聯姻達到清朝史、中華史的頂峰。

皇太極和皇后的長女溫莊固倫長公主馬喀塔嫁給林丹汗之子額哲作妻子。在皇太極登極大典上，額哲用蒙古文宣讀表文，承認皇太極不僅是滿洲人的皇帝，而且是蒙古人的皇帝。後來睿親王多爾袞成為衍慶宮淑妃即林丹汗遺孀竇土門福晉的姑爺。此外，崇德元年（1636），皇太極分封國舅巴達禮為和碩土謝圖親王，國舅吳克善為和碩卓禮克圖親王，固倫額駙額哲為和碩親王，布塔齊為多羅扎薩克郡王、

滿、蒙、漢三體「皇帝之寶」信牌

滿珠習禮為多羅巴圖魯郡王等。翌年又封莽古思為和碩福親王、莽古思大福晉為和碩福妃。

順治朝。順治帝的19位后妃中，竟有6位蒙古后妃。其中有：皇后博爾濟吉特氏（後降為靜妃），皇后博爾濟吉特氏及其妹淑惠妃博爾濟吉特氏，還有恭靖妃浩齊特博爾濟吉特氏、端順妃阿巴垓博爾濟吉特氏、悼妃科爾沁博爾濟吉特氏。

康熙朝。康熙帝的40位后妃中，有宣妃科爾沁博爾濟吉特氏和慧妃科爾沁博爾濟吉特氏2人。但是，康熙帝先後有4位皇后（包括後來追封的），沒有一位蒙古博爾濟吉特氏。

爾後，雍正帝9位后妃中，沒有蒙古后妃；乾隆帝29位后妃中，只有一位豫妃是蒙古博爾濟吉特氏；嘉慶帝15位后妃中沒有蒙古博爾濟吉特氏后妃；道光帝20位后妃中，只有一位孝靜成皇后是蒙古博爾濟吉特氏；咸豐、同治、光緒、宣統四朝，均沒有蒙古博爾濟吉特氏后妃。

　　據《清朝滿蒙聯姻研究》一書統計：清朝296年間，滿蒙宗室聯姻86次。我初步統計，清帝蒙古后妃：太祖朝2人、太宗朝7人、順治朝6人、康熙朝2人、道光朝1人，共計18人，且清太宗的一后四妃、順治帝的二后四妃，均出自蒙古博爾濟吉特氏一門。上述天命、天聰、崇德、順治、康熙、乾隆、道光七朝中，蒙古博爾濟吉特氏共有皇后5人、皇妃13人，其中主要出自科爾沁部。有清一代帝王多從蒙古科爾沁部娶納后妃，清室公主也多有嫁給科爾沁王公的。在所有來自科爾沁的清初后妃中，以清太宗皇太極的孝莊文皇后最為傑出，她歷經天命、天聰、崇德、順治、康熙五朝，對清朝興起與強盛作出重大的貢獻。

　　可以看出，上述努爾哈赤的滿蒙聯姻不同於漢朝的公主下嫁，而是互為親家。正如乾隆帝後來在詩中所說：「塞牧雖稱遠，姻盟向最親。」

　　蒙古問題曾經困擾明朝二百多年，始終沒有得到解決。清朝採取聯姻、會盟、賞賜、編旗、朝覲、賑濟、圍獵、重教等多種手段，使蒙古問題得以解決。蒙古不僅成為清朝的柱石，而且成為北方抵禦外敵侵犯的長城。正如康熙皇帝所言：「昔秦興土石之工，修築長城。我朝施恩於喀爾喀，使之防備朔方，較長城更為堅固。」（《清聖祖實錄》卷一五一）蒙古由明代北部的民族邊患，變為清代北國的民族長城。總之，皇太極繼承並發揚努爾哈赤滿蒙聯姻的政策，通過滿蒙聯姻——血緣與宗族的紐帶，加強滿蒙聯盟——政治與軍事的聯盟。這是清朝興起與強盛的一個重要原因，也是皇太極「一后四妃」皆為蒙古博爾濟吉特氏之謎的一解。

相關推薦書目

(1) 孟森，《清太祖殺弟事實考》，《明清史論著集刊》（中華書局，2006）。

(2) 閻崇年，《清朝通史・太宗朝》（紫禁城出版社，2003）。

(3) 杜家驥，《清朝滿蒙聯姻研究》（人民出版社，2003）。

(4) 周遠廉，《清太祖傳》（人民出版社，2004）。

(5) 閻崇年，《正說清朝十二帝》（增訂圖文本）（中華書局，2006）。

第三講
孝莊太后下嫁

孝莊皇太后朝服像

　　我講清史的時候，被問到最多的問題，就是孝莊皇太后是否下嫁了多爾袞？可見這個問題是許多清史愛好者所關心的。順治皇帝福臨6歲繼位，在他的母親皇太后博爾濟吉特氏和叔父攝政王多爾袞共同輔佐下，度過清朝入關初期的艱難歲月。從順治帝即位到多爾袞去世，一共是七年的時間。300多年來，人們在關注這段歷史的同時，更多地關注這對叔嫂不平凡的關係，由此引出許多猜測、議論和故事，成為清史研究中的一個疑案。

　　本講分作三個小題目：一、孝莊皇太后，二、睿王多爾袞，三、「太后下嫁」說。

一、孝莊皇太后

　　清朝有兩位皇太后對清朝政治至關重要，清初的一位是孝莊皇太后，清末的一位是慈禧皇太后。

　　孝莊皇太后姓博爾濟吉特氏，名字叫布木布泰，是蒙古科爾沁部貝勒塞桑的女兒。布木布泰是皇太極中宮皇后哲哲的侄女、關雎宮宸妃海蘭珠的妹妹。萬曆四十一年（1613）生，天命十年（1625）與皇太極成婚，時年13歲，皇太極35歲。崇德元年（1636），封為永福宮莊妃。她於崇德三年（1638）為皇太極生下第九子福臨，時年26歲。皇太極於崇德八年（1643）死時莊妃31歲。這年多爾袞32歲。孝莊太皇太后病死於康熙二十六年（1688），享年75歲。

　　布木布泰出身於蒙古貴族名門，容貌秀美，聰明知禮。她活了75歲，歷經天命、天聰、崇德、順治、康熙五朝，是清初的重要人物，為清朝的守成兼創業作出重大貢獻。

　　第一，身負滿蒙聯姻重任。天命十年（1625），13歲的布木布泰從科爾沁草原來到建州，與35歲的皇太極成婚。這時皇太

宸妃、莊妃之父蒙古科爾沁部忠親王追封碑

極早已同她的姑姑哲哲結婚11年了。天聰八年（1634），她的姐姐海蘭珠也嫁給皇太極。姑姑與侄女三人都嫁給同一個男人，是出於政治的原因，滿洲和蒙古科爾沁部建立了姻親關係，共同開創清朝的事業。布木布泰嫁過來的第二年，丈夫皇太極繼承汗位，她從貝勒福晉變成大汗福晉。十年以後，皇太極建國號大清，改元崇德，她又成爲崇德皇帝的永福宮莊妃。

第二，爲清皇室生兒育女。布木布泰先後爲皇太極生了4個兒女。皇太極有11個兒子、14個女兒。其中，莊妃生了皇四女、皇五女和皇七女共3個女兒，崇德三年（1638），26歲的莊妃又生下皇九子福臨，就是後來繼承大清皇位的順治皇帝。這支血脈延續了清朝的帝胤。她和皇太極的關係似不如姐姐海蘭珠，但從莊妃生育的四個子女看，起碼在一段時間裡，她和皇太極的關係還是很好的。其四個子女的出生時間如下：

　　皇四女　天聰三年（1629）生　　莊妃17歲

　　皇五女　天聰六年（1632）生　　莊妃20歲

　　皇七女　天聰七年（1633）生　　莊妃21歲

　　皇九子　崇德三年（1638）生　　莊妃26歲

　　第三，經歷三次皇位之爭。太后布木布泰親歷了三次後金─清最高權力的爭奪，就是後金─清汗位和皇位的鬥爭。

　　第一次，公公努爾哈赤死後，屍骨未寒，便發生了汗位之爭。她剛剛嫁給皇太極一年，才14歲，沒有直接參與這場鬥爭。但是她目睹了丈夫是怎樣用盡心機，排除障礙，脫穎而出，繼承汗位。

　　第二次，丈夫皇太極死後，她不動聲色，依靠姑姑、皇后博爾濟吉特氏，透過錯綜複雜的宮廷鬥爭和關係整合，使兒子福臨登上皇位，她自己也成為皇太后。

　　第三次，兒子順治帝英年早逝後，她力主子繼父位（不是弟繼兄位），下懿旨由皇子中出過天花的皇三子玄燁繼位，於是，順治帝旨定玄燁繼承皇位，這就是康熙皇帝。

　　孝莊太后不僅親臨三次大的皇位鬥爭，而且目睹明末清初的滄桑之變。她在社會變革中，發揮了重要的作用。

　　第四，守成兼創業功績大。孝莊太后在清宮62年，身歷天命、天聰、崇德、順治、康熙五朝，青年時幫助丈夫崇德帝皇太極，中年時輔佐兒子順治帝福臨，老年時輔佐孫子康熙帝玄燁。她從來也沒有走到政治的前台，但是她的一生對清初政治起到重要影響。

　　孝莊太后經歷清前四帝（太祖、太宗、順治、康熙），慈禧太后影響了清後四帝（咸豐、同治、光緒、宣統），這是一個很有意思的歷史現象。

　　以上四條，可以看出：孝莊太后布木布泰是一位非凡的女性，也是跨越清初五朝的重要人物。

二、睿王多爾袞

　　多爾袞（1612-1650），是清太祖努爾哈赤生前最鍾愛的第

十四子，他的母親是努爾哈赤寵愛的大妃烏拉那拉‧阿巴亥。阿巴亥12歲嫁給努爾哈赤，共同生活26年。努爾哈赤去世時，阿巴亥37歲，正值盛年，丰姿饒豔，養育三個兒子：阿濟格22歲、多爾袞15歲、多鐸13歲。為爭奪汗位，皇太極等四大貝勒威逼阿巴亥自縊而死（一說被用弓弦勒死）。母親死後，多爾袞失去依靠，沒有力量同皇太極爭奪大位。皇太極繼承汗位後，多爾袞跟隨皇太極南征北戰，成長為能文能武、長於謀略的和碩貝勒、睿親王。崇德八年（1643）皇太極逝世，多爾袞第二次參與了爭奪大位的鬥爭。這一年，多爾袞32歲，比皇太極的長子豪格小3歲，比莊妃大1歲，比順治帝（1638-1661）大26歲。爭奪的結果是：豪格退出，只有6歲的福臨即位，多爾袞與鄭親王濟爾哈朗共同輔政。

第二年，清朝遷都北京，封多爾袞為叔父攝政王。順治五年（1648）十一月，多爾袞被尊為皇父攝政王。順治七年（1650）十二月，多爾袞到塞外圍獵，病故於塞外喀喇城，年39歲。

多爾袞死後遭到清算，對於他輔政或攝政的功過在很長時間裡沒有得到公正的評價。直到乾隆三十八年（1773），即多爾袞死123年後，乾隆帝才給多爾袞以比較公正的歷史評價：「定鼎之初，王實統眾入關，肅清京輦，檄定中原，前勞未可盡泯。」但指

攝政王諭諸王大臣令旨

出他「攝政有年，威福自尊」。

先看他的六大功績：

第一，文武兼長，屢立戰功。多爾袞能文能武，多次統軍出征，「倡謀出奇，攻城必克，野戰必勝」，屢立大功。出征蒙古，獲「制誥之寶」；隨征朝鮮，立下功勳；率軍入塞，克濟南府城。

第二，皇位繼承，能識大體。有人說，多爾袞一生兩次與皇位失之交臂，是個失敗者。這是從他個人的得失去考量。但是，兩次爭奪皇位，特別是第二次爭奪皇位，多爾袞以滿洲整體利益為重，顧全大局，克己忍讓，退出皇位之爭。做攝政王後，他一方面把攝政王做到登峰造極的地步；一方面又克制了對皇權的欲望，沒有做出篡權奪位的舉動。多爾袞能觀大局、識大體，在清朝入關的關鍵時期有效地維護了滿洲貴族上層的團結。

第三，抓住時機，統兵入關。在闖王進京、崇禎自縊的重大歷史關頭，多爾袞採納大學士范文程等的建議，抓住時機，統兵進關；輔佐年幼的順治皇帝，移都北京，定鼎中原，建立清朝統治，立下卓越的歷史功勳。

第四，定鼎北京，保護故宮。力排眾議，遷都北京，保護並利用故明皇宮。在中國皇朝歷史上，大一統皇朝利用前朝宮殿，僅

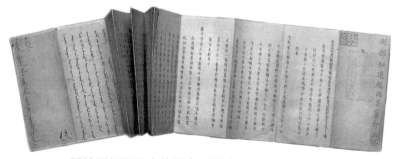

關於厲行剃髮令的題本（順治四年八月初三日）

此一例。

第五，安定官民，廢除三餉。多爾袞進關後，宣布「官仍其職，民復其業，錄其賢能，恤其無告」（《清世祖實錄》卷四）和宣布「廢除三餉」等重大政策。

第六，重用漢官，統一中原。對投降的漢族官員，加以任用，迅速穩定政治局面。「奉世祖（順治）車駕入都，成一統之業，厥功最著」（《清史稿》卷二一八，〈多爾袞傳〉）。

再看他的「六大弊政」，即剃髮、易服、圈地、占房、投充、逋逃。這些錯誤的做法，擾亂社會秩序、破壞中原經濟、挫傷漢人情感，帶來嚴重後果。所謂「揚州十日」、「嘉定三屠」，殺人數字可能有出入，但多爾袞違背皇太極對漢人的政策，殺人過多，是其重大錯誤。200多年後，辛亥革命提出「驅除韃虜，恢復中華」的口號，就是對這些政策的不滿與反抗。

可以說，多爾袞是一個非常複雜的政治人物，他的功過是非，讓人一言難盡，單是那樁以他為男主角的「太后下嫁」疑案，已經讓歷史學家們千考萬索，讓老百姓至今還在街談巷議。

三、「太后下嫁」說

「太后下嫁」說，自民國以來，沸沸揚揚。小橫香室主人的《清朝野史大觀》，民國五年（1916）由上海中華書局印行。書中有〈太后下嫁攝政王〉、〈太后下嫁賀詔〉、〈太后下嫁後之禮制〉三條專記太后下嫁之事，並說這是「中國有史以來所未有也」！民國六年（1917）五月，上海會文堂書局出版蔡東帆（藩）的《清史通俗演義》，其第十八回目〈創新儀太后聯婚，報宿怨中宮易位〉的上半回，說的就是「太后下嫁」。民國八年（1919），一位作者署名「古稀老人」寫了《多爾袞軼事》，書

中的〈太后下嫁〉條，談到順治皇帝在多爾袞攝政下「危如累卵」，太后認為「非有羈縻而挾持之，不足以奠宗社於泰山之安，故寧犧牲一人，以成大業」。而多爾袞「涎太后之色」，常入宮禁。太后為了「衛我母子」，「兩人對天立誓，各刺臂作血書，互執一書」，以為憑證。特別是書中安排太后詐崩，在舉行隆重喪禮後，再以皇帝乳母身分嫁給多爾袞，故事曲折，引人入勝。民國三十七年（1948）九月，王浩沉的《清宮十三朝》（又名《清宮秘史》）由文業書局出版，書中描述多爾袞與皇太后相戀事，如〈種情根巧救小玉，償夙願親王大婚〉、〈槐樹蔭中窺嫂浴，荷花池上捺叔腮〉、〈香衾臥嬌豔經略降清，宮內候兄安親王戲嫂〉、〈建新儀攝政娶太后，名打獵姊妹嫁親王〉等，而布木布泰名「大玉兒」、其妹名「小玉兒」，則是王浩沉的亂編之一。此外，還有許嘯天的《清宮十三朝演義》等。總之，太后下嫁之事，野史流布，遍及民間。那麼，皇太后是否下嫁多爾袞？

關於皇太后下嫁多爾袞的說法及其討論，下面列出十二條：

第一，關於〈建夷宮詞〉。張煌言〈建夷宮詞〉曰：

> 上壽觴為合巹樽，慈寧宮裡爛盈門。
> 春官昨進新儀注，大禮恭逢太后婚。（《張蒼水全集》）

張煌言（蒼水）（1620-1664）是浙江寧波人，這時他在江南抗清。他的這首詞寫在當時，明確寫了住在慈寧宮的皇太后又結婚了，所以成為太后下嫁說的一條證據。我們分析一下：

其一，張煌言雖然是當時之人，但是他並沒有在北京，而是遠在江南。他對清朝的態度是對抗、敵視，那麼「遠道之傳聞，鄰敵之口語，未敢據此孤證為論定也！」（孟森，《明清史論著集

張煌言像

刊》）出在敵人之口，記在異鄉之文，不能成為歷史的直接證據。

其二，〈建夷宮詞〉是詩詞，而不是宮廷檔案。詩詞可以誇張，也可以比附，所以也不能不加考據，簡單地、直接地作為歷史的證據。

其三，或謂張冠李戴。順治六年（1649）十二月，多爾袞元妃博爾濟吉特氏病故，次年（順治七年）正月，多爾袞納娶寡居的肅親王豪格王妃。這件事牽扯到多爾袞與豪格的爭鬥，又是叔娶侄媳，有悖倫理，朝野內外，議論紛紛。有人認為，張煌言遠在江南，也許是聽到了誤傳，把多爾袞娶王妃當作娶孝莊皇太后了。但是他的〈建夷宮詞〉是寫於順治六年，當時還沒有發生多爾袞娶豪格王妃之事。

其四，「慈寧宮裡爛盈門」一句，是說喜事在慈寧宮裡辦的，因為皇太后住在慈寧宮。當時有兩位皇太后，一位是中宮孝端太后哲哲，寫〈建夷宮詞〉時孝端太后已病死；另一位是孝莊太后。但是，根據歷史檔案記載，慈寧宮在李自成臨撤出皇宮時被焚毀，順治十年（1653）修葺，皇太后才搬居慈寧宮，多爾袞則死於順治七年（1650），他與皇太后怎能在此舉行結婚典禮呢！

所以〈建夷宮詞〉說只能是一說，而不能成為歷史的依據。

第二，關於「親到皇宮內院」。多爾袞死後追其罪時，有

一條罪狀是：「又親到皇宮內院。」（蔣良騏，《東華錄》）朝鮮《李朝大王實錄》也做了相同的記載。在後來修的《清世祖實錄》裡卻刪掉了這句話。這說明多爾袞到「皇宮內院」確有其事。而刪掉這句話，恰表明事有隱衷。那麼，多爾袞到皇宮內院，能說明太后下嫁了嗎？

其一，這個皇宮內院是瀋陽的皇宮內院，還是北京紫禁城的皇宮內院？沒有指明。

其二，多爾袞是「到」皇宮內院，而不是「住」皇宮內院，那麼「到」皇宮內院，就一定是太后下嫁給多爾袞了嗎？

其三，史家對此做出推測：皇太后與多爾袞也許有曖昧關係。高陽先生說，《東華錄》所謂多爾袞「親到皇宮內院」云云，極有可能是指孝莊與多爾袞相戀的事實。孝莊太后與睿王多爾袞關係曖昧，可能是真，也可能是假，即使是關係曖昧，也不等於太后下嫁了。

其四，也有人認為，如果太后真的下嫁了，多爾袞到皇宮內院也就名正言順了，而把這一條列為多爾袞的罪狀，恰好反證太后並沒有下嫁。

所以，「親到皇宮內院說」不能提供太后下嫁的確鑿依據，卻道出了疑點。

第三，關於「下嫁詔書」。 民國時出版了一部書叫《多爾袞攝政日記》，這部書原名叫《皇父攝政王多爾袞起居注》，是一個叫劉文興的人家裡收藏的。在出版之前，他寫了一篇〈清初皇父攝政王多爾袞起居注跋〉，發表在民國三十六年（1937）一月二十八日《中央日報・文史週刊》上。文中說：「清季，宣統改元，內閣庫垣圮。時家君方任閣讀，奉朝命檢庫藏。既得順治時太后下嫁皇父攝政王詔，攝政王致史可法、唐通、馬科書稿等，遂以聞於朝，迄今猶藏諸故宮博物院。」多爾袞致唐通、馬科書稿，發表在

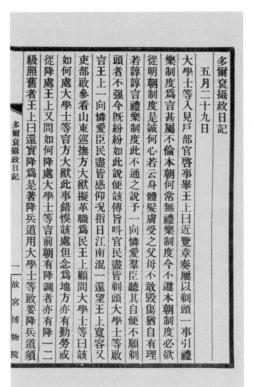

《多爾袞攝政日記》

《清代檔案史料叢編》，致史可法書的內容今亦可知。唯有這位劉先生父親見過的〈太后下嫁詔〉未見發表，別人也沒見過。清宮檔案收藏在中國第一歷史檔案館和臺北故宮博物院文獻處，有許多學者專門整理和研究清宮檔案，從劉文興說他父親見過太后下嫁的詔書，直到現在整整70年了，還沒有一個人說自己見過這份檔案。

既然至今沒有見到這份太后下嫁詔，所以這個證據目前還不能成立。如果真的有這份檔案，將來隨著清宮檔案的進一步整理，是一定會被發現的。但是有人寫書說，劉文興是個喜歡開玩笑的人，當年爲了讓自己的書好賣，才故意製造了這麼一個噱頭。

第四，關於「未葬昭陵」。清朝的皇帝陵分三處：一處是關外三陵——永陵、福陵（瀋陽東陵）、昭陵（瀋陽北陵），一處是河北遵化的清東陵，另一處是河北易縣的清西陵。皇太極葬在關外三陵之一的瀋陽北的昭陵。他的一后四妃，孝端皇后於順治六年（1649）四月十七日病逝，次年二月骨灰奉移瀋陽，入葬昭陵；關雎宮宸妃於崇德六年（1641）先於皇太極病逝，但後來將宸

妃遺骨遷葬到昭陵的妃園寢；衍慶宮淑妃於康熙六年（1667）病逝，葬入昭陵的妃園寢；麟趾宮貴妃病逝於康熙十三年（1674），也葬入昭陵的妃園寢。按照清朝陵寢制度，孝莊太后死後應葬在昭陵，就是同皇太極合葬。但是，她不僅沒有葬在昭陵，而且葬在清東陵的風水牆外。於是就引出了許多說法。有人說因為孝莊太后下嫁了，死後無顏回昭陵見夫君，所以把她葬清東陵大門旁，給子孫看門。

清宮廷畫家繪《昭陵圖》

　　事實上，孝莊在31歲時喪夫，32歲來到北京，49歲時喪子，75歲即康熙二十六年十二月二十五日（1688年1月27日）去世，至此她已經在關內生活了近半個世紀，接受了漢族棺葬的習俗，而她的丈夫皇太極已經逝世44年，是按照滿洲的習俗火葬，早已在關外瀋陽的昭陵入土為安。所以對於自己的後事，孝莊太皇太后向皇孫康熙帝有過交代：「太宗文皇帝梓宮安奉已久，不可為我輕動。況我心戀汝父子，不忍遠去，務於孝陵近地安厝，則我心無憾矣。」就是說，她不願意驚動太宗皇太極的亡靈，而願意陪伴英年早逝的兒

孝莊皇太后的
昭西陵

子順治。太皇太后死後葬在清東陵的遺命，給皇孫康熙帝出了一道
難題：既不能違背祖宗之制，又不能違抗祖母之命，怎麼辦？康熙
帝最後採取了一個臨時舉措，把太皇太后生前在紫禁城裡最喜歡住
的寢宮拆了，搬到東陵風水牆外，修起一座「暫安奉殿」，將孝莊
太皇太后的梓宮（棺材）暫時安置在那裡。直到康熙帝逝世，他一
直沒有解決祖母陵寢的難題。

　　雍正帝即位以後著手解決這個難題。雍正二年（1724）二月初
五日，雍正帝下諭，追述了孝莊不與太宗合葬、在孝陵附近安厝的
遺囑，說：「朕惟禮經云：合葬非古也。先儒又云：神靈有知，無
所不通。是知合與不合，惟義所在。今昭陵安奉日久，若於左近
另起山陵，究非合葬之意。且自孝莊文皇后安奉以來，我聖祖仁
皇帝曆數綿長，海宇乂安，子孫繁衍，想孝莊文皇后在天之靈十
分安妥。」經過大臣們反覆磋商，終於確定了解決的方案，當年
十一月二十一日確定孝莊文皇后陵為昭西陵──將暫安奉殿改建為
陵。雍正三年（1725）十二月初十日，孝莊文皇后梓宮下葬昭西陵
地宮。這時，孝莊太后已經逝世整整37年。所以她的陵園是重孫子

胤禎修建的。雍正皇帝的這個解決方案是很高明的。既遵循了祖制，又滿足了孝莊太后的遺願。

其一，從昭西陵的名稱看：太宗文皇帝皇太極陵寢的名稱是昭陵，孝莊文皇后陵寢位於太宗昭陵的西邊（河北遵化在瀋陽西），陵寢的名稱是「昭西陵」，所以從名稱上確定墓主是太宗皇帝的皇后，昭西陵和昭陵是同一體系。雖然昭西陵緊挨著東陵風水牆，但是它和東陵完全是兩個系統。

其二，從昭西陵的規制看：建有重簷廡殿頂的隆恩殿，內外有兩道圍牆，還建了神道碑亭。這些超過常規的做法，表明了對墓主的尊重，顯示出墓主的崇高地位，根本看不出有「輕蔑」的意思，所以「為子孫看守陵門」云云不足為據。

其三，從昭西陵的地位看：因為順治皇帝是逝世在關內的第一位清朝皇帝，他的祖父努爾哈赤和父親皇太極都葬在關外，他第一個葬進關內的清東陵，所以順治皇帝的孝陵理所當然是清東陵的主陵，地位最高。但是孝莊太后是順治帝的母親，如葬入東陵就無法顯示她的地位。所以雍正皇帝想了一個辦法，把孝莊太皇太后的昭西陵安置在東陵風水牆外而單獨成陵，這樣做可謂一舉三得：既表明了和太宗昭陵的關係，又表明了墓主的崇高地位，還實現了孝莊太后陪伴順治帝的遺願。

因此，以孝莊皇太后「未葬昭陵」，給「東陵看門」，而斷定太后曾經下嫁，顯然證據不足。

而且，孝莊太后並不是清朝第一位未同皇帝合葬的皇后，在她下葬之前康熙五十六年（1717）順治帝的孝惠章皇后死後葬在孝陵的東邊，後來這座陵就命名為孝東陵。康熙帝死後葬在景陵，他的一后四妃葬入的都是棺槨。從景陵開始，先於皇帝而死的皇后先葬於地宮，但石門不關，一旦皇帝死後葬入地宮，就關閉地宮；死於皇帝之後的皇后，則另建地宮。這成為制度。孝莊太后的下葬在此

之後，實際上似乎也借鑑了這種制度。

第五，關於「青梅竹馬」。有人說莊妃與多爾袞是「青梅竹馬」，自小時候就相戀，所以太后下嫁是有感情基礎的。其實，莊妃出生在蒙古科爾沁，多爾袞則出生在滿洲赫圖阿拉，兩地相距甚遠，兩人並無「青梅竹馬」的可能。也有人說在努爾哈赤和皇太極到科爾沁娶親時，多爾袞跟著去了，見到幼年的莊妃，兩人相戀。實際上，努爾哈赤父子雖然都娶了科爾沁女子，但當時是送親，而不是他們到科爾沁去娶親，所以多爾袞也不可能去科爾沁見莊妃。莊妃從13歲起就來到愛新覺羅家庭，又和多爾袞年齡相仿，是否會產生戀情，史書不會記載，後人也無法推斷。但是即使兩人之間有戀情，也不能證明孝莊太后就一定嫁給了多爾袞。

第六，關於「保兒皇位」。有人說孝莊皇太后為了保住兒子福臨的皇位，不得不委身於多爾袞。此說站不住腳。年僅6歲的福臨能夠繼位，是當時多種政治勢力複雜鬥爭和相互妥協的結果，而不是由皇太后依靠多爾袞一個人決定。實際上，多爾袞本意是自己繼承皇位，根本沒打算讓侄子福臨繼位。在和皇二兄代善、皇長侄豪格等激烈角逐之後，他才接受了濟爾哈朗等的建議，扶福臨即位，自己和濟爾哈朗做輔政王。順治帝即位以後，如果孝莊以「色情」巴結多爾袞，只會讓皇權更加容易地落到多爾袞之手。事實上，孝莊皇太后依靠孝端皇太后，對多爾袞既重用、又牽制，採取了非常複雜的政治手段，才使多爾袞最終沒有突破攝政王的圈子，而保證了順治小皇帝的地位。因為皇帝年幼，國事家事都要依靠攝政王，所以孝莊皇太后注意協調與多爾袞的關係。但是由此作為太后下嫁的依據，顯然站不住腳。

第七，關於「弟娶其嫂」。滿洲確實有「兄死弟娶其嫂」的習俗。清太宗皇太極開始改革滿洲的婚姻習俗，規定：「不許亂倫婚娶。」（《清太宗實錄》卷十一），嚴禁轉房婚──不許娶庶

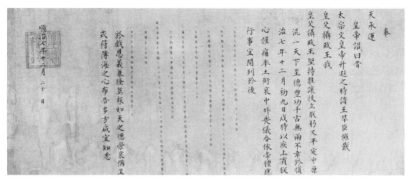

皇父攝政王哀詔

母、嬸母、嫂子、侄婦等，但沒有觸動異輩相婚和姐妹同嫁一夫的婚俗。清帝中滿洲異輩相婚，入關後順治帝出現過，後來就再沒出現過。姐妹同嫁一夫，康熙帝后妃中有三對親姐妹，光緒帝曾有瑾妃和珍妃姐妹。然而，漢族個別也有這種習俗。但有這樣的習俗，並不能證明多爾袞就一定娶了他的嫂子。

　　第八，關於「尊稱皇父」。有人說多爾袞被稱為「皇父攝政王」，既然被稱作是「皇父」，那就證明順治帝的母親孝莊太后嫁給他了。崇德八年（1643）皇太極逝世，順治帝即位。第二年，清朝遷都北京，封多爾袞為叔父攝政王。順治五年（1648）十一月，尊多爾袞為皇父攝政王，「加皇叔父攝政王為皇父攝政王，凡進呈本章旨意，俱書皇父攝政王」（蔣良騏，《東華錄》卷六）。這就如同後來光緒皇帝尊稱慈禧太后為「皇阿瑪」一樣。無論是叔父攝政王，還是皇父攝政王，都是攝政王的尊稱，並不能證明多爾袞做了順治帝的繼父。

　　第九，關於「朝鮮史證」。類似太后下嫁頒詔告諭這種朝廷大事，照例是應當詔諭屬國的。當時作為清朝屬國，朝鮮對於清朝發生的大事有詳細的記載，留下了珍貴的歷史資料《李朝大王實錄》。朝鮮的《李朝大王實錄》沒有「太后下嫁」頒詔告諭的記

載。所以有學者推斷，根本沒有孝莊太后下嫁這件事。

第十，關於「順治報復」。 順治七年（1650）十二月，多爾袞病死。不到一個月，順治帝就拿多爾袞的哥哥阿濟格開刀，來懲治多爾袞。順治八年（1651）正月初六日，順治帝就以「和碩英親王阿濟格謀亂」罪，將其幽禁，後來將阿濟格賜死。二月十五日，也就是福臨親政一個月零三天，就定多爾袞十大罪狀，命將多爾袞削其爵號、撤其廟享、黜其宗室、籍其財產、沒其府第、毀其陵墓，繼子多爾博歸宗。耶穌會士衛匡國在《韃靼戰記》中記載：多爾袞死後被毀挖墳墓，掘出屍體，用棍子打，以鞭子抽，砍掉腦袋，暴屍示眾。

有人推斷，因為多爾袞逼孝莊太后下嫁，所以才引起順治帝如此的仇恨。這種說法不能說一點道理都沒有，但畢竟是推測，不能作為孝莊太后下嫁的依據。況且少年天子親政以後，嚴懲攝政王或輔政大臣，例子是很多的。明朝萬曆皇帝親政後，嚴懲張居正；康熙皇帝親政後，嚴懲輔政大臣鰲拜，都是史例。

第十一，關於孝端不允。 布木布泰的姑姑孝端皇太后尚在，她不會允許自己的侄女下嫁，敗壞皇家的體統，有辱皇家的尊嚴。

第十二，關於筆記無載。 當時在京的大小官員、來京科考的舉子，至今沒有見到一篇「太后下嫁」的記載。如果說當時怕犯忌諱而正史無載的話，可是私家筆記、文集、手稿、秘錄等也不見記載。

從以上十二條來看，孝莊太后下嫁多爾袞，既無文獻根據，也無檔案依據。從目前清史研究的情況看，既沒有過硬的資料證明太后下嫁了，也不能完全消除關於太后下嫁的疑問。所以，直到今天，孝莊太后下嫁一直是清宮中的一椿疑案。

我們探討孝莊太后下嫁疑案，起碼可以得到以下啟示：第

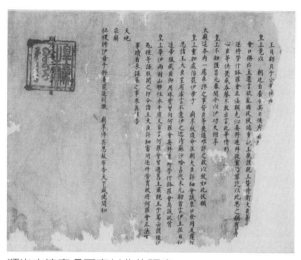

順治帝追奪多爾袞封典的詔書

一，不要單純用世俗的眼光看待孝莊太后與多爾袞的關係；第二，弄清事實眞相，才可以廓清戲說歷史的迷霧；第三，皇太后和多爾袞在皇帝年幼、江山不穩、國運維艱的局勢下，以大局爲重，和衷共濟，形成合力，共度難關，取得勝利，給後人留下寶貴的歷史經驗；第四，我認爲：皇太后布木布泰同攝政王多爾袞的情愫可能有，「太后下嫁」之事確實無。

相關推薦書目

(1) 孟森，《太后下嫁考實》，《明清史論著集刊》（中華書局，2006）。

(2) 周遠廉，《順治帝》（吉林文史出版社，1993）。

(3) 周遠廉、趙世瑜，《皇父攝政王多爾袞》（吉林文史出版社，1993）。

(4) 陳捷先，《順治寫眞》（遠流出版公司，2006）。

(5) 閻崇年，《清朝皇帝列傳》（紫禁城出版社，2007）。

第四講
順治出家之說

順治皇帝像

　　清世祖章皇帝愛新覺羅·福臨，是清朝入關以後第一位皇帝，也是清朝歷史上第一位沖齡繼位的少年天子。他的生命只有短短24年，卻給後人留下不少疑問。甚至他的最終歸宿，也出現了不同的說法：按照清朝官方的說法，順治帝因患天花駕崩；而更流行的說法則是，順治帝因愛妃董鄂氏去世，哀悼過度，進而厭世，棄天下如敝屣，西入五臺山為僧。

　　這是一樁重要的清宮疑案。我從三個方面去破解：一、福兮禍兮；二、因苦結佛；三、患痘而逝。

一、福兮禍兮

　　順治帝6歲登極，在清代史、滿洲史上開了一個幼童繼承皇位的先例。其後有8歲的康熙、6歲的同治、4歲的光緒和3歲的宣統繼承皇位，幼帝在清入關後10位皇帝中竟占了5位，其影響可謂至深且遠！幼童繼位，必有攝政或輔政。《清史稿·諸王傳》曰：「以攝政始，以攝政終。」特別是清朝最後的半個世紀，由一位太后連續控制三位兒童皇帝（宣統帝也由其懿旨而定），來統治西方列強覬覦下的中國，成為一段悲痛的歷史。

　　順治帝名福臨，他的命運真和他的名字一樣：「福」從天降「臨」。為什麼這樣說呢？

　　第一，大清皇位，從天而降。崇德八年（1643），清太宗皇太極突然逝世，從而引發了激烈的皇位之爭。當時最有希望得到皇位的，一個是皇太極的長子豪格，一個是睿親王多爾袞，雙方劍拔弩張，互不相讓。鬥爭的結果，雙方居然都同意由年僅6歲的福臨繼承皇位。真是福從天降！

　　第二，遷鼎燕京，從天而降。清順治元年即明崇禎十七年（1644），李自成軍攻陷燕京。崇禎帝朱由檢在煤山（今景山）自

縊而死，大明皇朝滅亡。清攝政睿親王多爾袞在吳三桂引領下進入山海關城，大戰李自成軍，獲得山海關大捷。此後，一路勢如破竹，五月初二日，多爾袞率領清軍進入北京城，在武英殿御政。清太宗皇太極曾有遺願：「若得北京，當即徙都，以圖進取。」多爾袞遂奏請順治帝遷都北京，順治帝自然採納了多爾袞的意見。同年十月初一日，順治帝在皇極門（今太和門）舉行大典，頒詔天下，定鼎燕京。祖、父28年奮爭未能實現遷都燕京的願望，7歲的福臨卻實現了。他在多爾袞的輔佐下，「入關定鼎，奄宅區夏」，具有開創之功，因而他身後得到的廟號是「世祖」，而他的父親皇太極的廟號僅是「太宗」。

第三，親掌朝綱，從天而降。順治七年（1650）攝政睿親王多爾袞突然逝世，年僅39歲。在多爾袞攝政這7年，小皇帝福臨只是一個傀儡，假如多爾袞能活到康熙帝的年齡，則還有30年的時間，順治帝的政治生活會是一種什麼樣的局面，實在難以想像。多爾袞的死給了福臨親政的機會，使他18年的皇帝生涯中有11年能夠名實相稱。從這個意義上說，他的確是有福之人。

但是，作為一個有血有肉有情感的個體生命來說，順治帝的人生有喜也有悲。

第一，未受系統全面的儒家教育。這裡有一段故事。順治帝曾經把讀過的一些書拿給高僧木陳忞看，說：

> 朕極不幸，五歲時先太宗早已宴駕，皇太后生朕一人，又極嬌養，無人教訓，坐此失學。年至十四，九王薨，方始親政，閱諸臣章奏，茫然不解。由是發憤讀書，每晨牌至午，理軍國大事外，即讀至晚，然頑心尚在，多不能記。逮五更起讀，天宇空明，始能背誦。計前後諸書，讀了九年，曾經嘔血。從老和尚來

後，始不苦讀，今唯廣覽而已。（木陳忞，《北遊集》，轉引自《陳垣史學論著選》）

可見，在14歲以前，福臨沒有受過系統的良好的文化教育，親政後連奏章也看不懂，只好苦讀以至嘔血。當然，順治帝後來還是學有所成，廣泛涉獵經史子集、通略儒釋眞諦，文化水平遠遠超過他的父親皇太極和祖父努爾哈赤，而且詩、書、畫、文都好。順治帝的指畫頗具造詣，臺北故宮博物院珍藏順治帝的畫，筆墨清簡，神韻溢彩。

　　第二，少年即位承受巨大壓力。少年福臨作爲一個皇帝，承受了太多的責任、期望和壓力，很少能夠享受到普通孩子的快樂和輕鬆，與他的年齡很不相稱。重壓之下，必有反彈。這一點，從他對叔父攝政王多爾袞的報復可以看出。多爾袞是順治帝的親人，是他的皇叔父；多爾袞是順治帝的恩人，他幫助順治帝登上皇位、穩定政局，並遷都北京、統一中原。但這個強權的攝政王也同時帶給

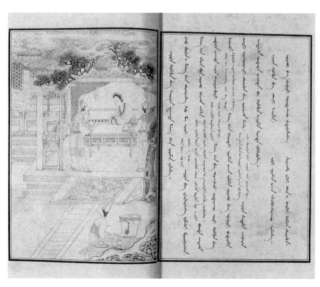

順治滿文譯本
《二十四孝》

小皇帝巨大的心理陰影。福臨時時感到孤立無援、仰人鼻息，甚至連見母后也沒有充分的自由。順治七年（1650）十二月，多爾袞死在塞外喀喇城。第二年正月，順治帝親政。二月，便追論多爾袞十大罪狀、籍其家產、削其封典、撤其享廟、誅其黨羽。傳教士衛匡國的《韃靼戰記》載述：多爾袞死後被毀挖墳墓，掘出屍體，用棍子打，以鞭子抽，砍掉腦袋，暴屍示眾。從中可以看出順治帝長期受壓抑之後巨大的反撲力量。

第三，與母后的關係不太協調。福臨甚至可能同太后有衝突：一是，順治帝幼年貪玩，母后管教過嚴，母子不協，這是家庭中的常理；二是，母后將自己的侄女許給順治帝做皇后，小皇后出身蒙古科爾沁貴族，從小嬌生慣養，姑母是皇太后、姑奶奶也是皇太后，小兩口經常發生口角。順治帝廢掉了皇后，又立一位科爾沁貝勒的女兒，順治帝還是不喜歡；三是，順治帝寵愛董鄂妃，遭母后反對；四是，要出家當和尚，更是受到母后斥責；五是，母后同多爾袞的關係問題，傳言很多，讓他難堪。

第四，乳母李氏病死。順治帝曾對人說：「乳母李氏，當朕誕毓之年，入宮撫哺，盡心侍奉，進食必飢飽適宜，尚衣必寒溫應候，啼笑之間曲意調和，期於中節，言動之際，相機善導，務合規程。諸凡襁褓慇懃，無不周詳懇摯。睿王攝政時，皇太后與朕，分宮而居，每經累月，方得一見，以致皇太后縈懷彌切。乳母竭盡心力，多方保護，誘掖皇太后，惓念慈衷，賴以寬慰。……乃一旦溘然長逝，深堪憫悼。」（《清世祖實錄》卷一四三）

皇帝也是人，皇帝也有苦。福臨身邊最親近的人，與母后關係不洽、叔父專權跋扈、皇后廢立、兄弟矛盾、愛子夭亡、愛妃早逝、乳保去世等，實在是煩惱、痛苦的事情。親政以後，國事煩擾，更使他心力憔悴。怎樣解脫？他在佛界找到了一方清淨之地。

二、因苦結佛

　　大體說來，順治帝親政後，前七年因耶穌會士湯若望而受基督教影響較大，後四年因親近和尚而受佛教影響較大。我著重說一下順治帝同佛教的關係。

　　順治帝篤信佛教，有他生活環境的影響。早在他的祖父努爾哈赤時，佛教已傳到赫圖阿拉。努爾哈赤常手持念珠，尊崇佛教，並在赫圖阿拉建立佛寺。到皇太極時，為搞好同蒙古的關係，崇奉喇嘛教，「重教」成為一項重要的國策，所以在盛京（瀋陽）興建實勝寺，崇奉瑪哈噶喇佛，藏傳佛教在後金已產生很大影響。順治帝的母后孝莊皇太后是蒙古族人，自幼受到佛教的薰陶，又年輕寡居，以信佛解脫內心的孤獨與苦悶。當時後宮裡蒙古族后妃很多，所以慈寧宮裡普遍信奉佛教。這些，對年幼的順治帝有深刻的影響。

　　然而，真正促使順治帝結下很深的佛緣，是緣於他的董鄂妃。那麼，這位董鄂妃到底是何許人也？

　　《清史稿‧后妃傳》記載順治帝有4后、14妃，共18人。《星源吉慶》記載順治帝有3后、16妃，共19人。順治帝同他父親皇太極一樣，后妃中也有姐妹共侍一夫的，如孝章皇后和淑惠妃就是姐妹。

　　順治帝先後冊立或追封四位皇后：

　　第一位是廢皇后，蒙古科爾沁部博爾濟吉特氏，是他母親的侄女，聰明而美麗，由攝政睿親王多爾袞做主訂婚、聘娶。順治八年（1651）八月，冊立為皇后。二人性格不合，時常發生口角。一天，順治帝讓大學士馮銓查閱並奏報前朝廢皇后的歷史故事，馮銓等疏諫，並問廢后的理由，順治帝大怒道：「皇后無能，所以當廢！」後禮部尚書胡世安等18人分別具疏力爭。一個叫孔允樾的

禮部員外郎奏稱：「皇后正位三年，未聞失德，特以『無能』二字定廢嫡之案，何以服皇后之心？何以服天下後世之心？君后猶父母，父欲出母，即心知母過，猶涕泣以諫，況不知母過何事，安忍緘口而不爲母請命？」順治帝把這件事下發諸王大臣會議。會議結論是：皇后仍然居中宮。命再議。順治帝堅持己見，奏報皇太后，並得到懿准，廢掉皇后，降爲靜妃，改居側宮。直到順治帝病重，廢后請求見順治帝一面，仍被拒絕。

　　第二位是孝惠章皇后，蒙古科爾沁部博爾濟吉特氏，順治十一年（1654）五月，年14歲，聘爲妃。六月，冊爲皇后。她不久又受到順治帝的責斥。這位皇后能委屈圓通，又有太后呵護，才未被廢掉，至康熙五十六年（1717）死，享年77歲。

　　第三位是孝康章皇后（追封），姓佟佳氏，都統佟圖賴之女，是康熙皇帝的生母。順治十一年（1654）生玄燁，年14歲。康熙二年（1663）病死，年24歲，時康熙帝10歲。

盛京實勝寺瑪哈噶喇樓

　　第四位是孝獻章皇后（追封），董鄂氏，就是順治帝最寵愛的董鄂妃。《清史稿‧后妃傳》記載：「孝獻皇后棟鄂氏，內大臣鄂碩女，年十八入侍。上眷之特厚，寵冠後宮。」順治帝對董鄂妃可謂是一見鍾情，至死不渝。

　　這位董鄂妃的身世，也是清宮的一樁疑案。她的身世有三說：有人說董鄂妃就是江南名妓董小宛；也有人說，她曾經是福臨同父異母弟博穆博果爾的福晉；《清史稿‧后妃傳》則說她姓棟鄂氏。

　　根據耶穌會士湯若望的回憶錄和陳垣先生的考證，她似乎就是福臨奪其十一弟襄親王博穆博果爾之愛。董鄂氏聰敏俊麗、明秀婉惠、誦經習書、善解人意，而博得順治帝的寵愛。兩人情意纏綿，火熱愛戀。但事被博穆博果爾發覺，董鄂氏遭到夫君的嚴斥。董鄂氏受了委屈，找順治帝哭訴。順治帝聞知後，狠狠地打了博穆博果爾一個耳光。博穆博果爾心情痛苦、憤怒，但事情發生於當今皇兄身上，是沒有地方講理的。於是，博穆博果爾只有兩條路可供選擇：一是忍，二是死。博穆博果爾於順治十三年（1656）七月初三日，或是憂憤致死，或是自殺而死。順治帝在其27日服滿後，乾脆將董鄂氏娶進承乾宮。

　　有幾件事可以說明少年天子對董鄂妃的恩愛逾常。

　　一是晉升之速、典禮之隆。董鄂氏在順治十三年（1656）八月二十五日被冊為「賢妃」，僅一月有餘，即九月二十八日晉為「皇貴妃」，這樣的升遷速度，歷史上十分罕見。十二月初六日，順治帝還為董鄂妃舉行了十分隆重的冊妃典禮，並頒恩詔大赦天下。在有清一代近300年的歷史上，因為冊立皇貴妃而大赦天下的，這是僅有的一次。

　　二是盡改舊習、專寵一人。據當時的傳教士湯若望記述，少年福臨「和一切滿洲人一個樣，而肉感肉欲的性癖尤其特別發

達」，結婚之後，「人們仍聽得到他的在道德方面的過失」。可見，福臨確實沾染了滿洲貴族子弟那種好色淫縱之習。可是奇蹟出現了，自從遇到董鄂妃後，少年天子變得專一起來。兩人情投意合，心心相印。可謂「長信宮中，三千第一」、「昭陽殿裡，八百無雙」，真是六宮無色、專寵一身，董鄂妃受到專寵。

董鄂妃居住過的承乾宮

　　三是隆遇董鄂妃所生的皇四子。順治十四年（1657）十月初七日，董鄂氏生下一位皇子。順治帝福臨非常高興。但事有不巧，小皇子出生3個月，未命名，便夭折。這件事對董鄂妃打擊實在太大了。自從她嫁給皇上，雖然受到寵愛，但是也受到其他后妃的嫉妒和不滿，特別是孝莊太后的不滿。她最大的期望就是生一位皇子，將來母以子貴，作為晚年的依靠。沒想到兒子還沒有來得及起名字就死了。順治帝也非常悲傷，為了安慰董鄂妃，追封這位早夭的兒子為和碩榮親王，並在薊州黃花山下修建「榮親王園寢」。墓碑刻：和碩榮親王，朕第一子也。本來是皇四子，卻被稱為第一子，說明這位皇子及其生母董鄂妃在順治帝心目中的重要地位。

　　幾乎就在同時，順治帝在太監的精心安排下，同憨璞性聰和尚見面。憨璞性聰是第一位被順治帝召見的著名和尚。憨璞性聰，福建延平人，18歲為僧。順治十三年（1656）五月住京師城南海會

寺。十四年（1657）初，順治帝駕幸南海子，途經海會寺，召見憨
璞性聰，兩人相談甚歡。十月初四日，又召憨璞性聰進入大內，後
在西苑（今中南海）萬善殿與憨璞性聰對話。順治帝問：「從古治
天下，皆以祖祖相傳，日對萬機，不得閒暇，如今好學佛法，從誰
而學？」憨璞性聰答：「皇上即是金輪王轉世，夙植大善根、大智
慧，天然種性，故信佛法，不化而自善，不學而自明，所以天下至
尊也！」憨璞性聰的巧言阿諛，讓順治帝覺得很歡心。憨璞還巴結
順治帝身邊的太監。他有贈太監的詩10首，對太監歌頌備至。比
如，〈贈弗二曹居士〉云：

> 玉柱擎天宰老臣，朝綱德政施仁民。
> 珠璣滿腹飽儒業，心意朗明通教乘。
> 昔日靈峰親囑咐，今時法社賴維屏。
> 毗耶不二默然旨，猶勝文殊多口生。
> （《憨璞性聰語錄》，轉引自《陳垣史學論著選》）

　　憨璞性聰是一位政治和尚。因為他會逢迎皇上，又廣交太
監，所以受到順治帝的寵信，多次被召到宮裡，向皇帝講授佛
法，並被賜以「明覺禪師」封號。在憨璞性聰的影響下，順治帝對
佛教的信仰，愈學愈虔、愈修愈誠。
　　憨璞性聰還推薦了南方來的三位高僧——玉林琇、木陳忞、茚
溪森，他們對順治帝影響至深。
　　玉林琇（1614-1655），江蘇人，俗姓楊，出身於名門巨族。
他受父親影響，從小就虔誠奉佛，18歲時入磐山寺，23歲即就任浙
江湖州報恩寺住持，道風嚴峻，聲名遠揚，與憨璞之師祖費隱通容
是同輩。經憨璞性聰推薦，順治十五年（1658）九月，順治帝遣使
宣詔玉林琇入京說法。玉林琇先是辭謝不應，以示遺民風骨，經順

北京憫忠寺（法源寺），順治帝曾於順治十四年派憨璞性聰住持該寺。

治帝三次邀請，直至十六年（1659）正月才姍姍啓程，二月十五日入京見帝。玉林琇施展其奇特之才和高深禪理，機敏巧妙奏對，甚蒙順治帝推崇。順治帝屢至玉林琇館舍請教佛道，以禪門師長相待，並請他給自己起法名，説「要用醜些字樣」。玉林琇擬十餘字進覽，「世祖自擇癡字」，取法名「行癡」，法號「癡道人」。對玉林琇的弟子，順治帝「俱以法兄師兄爲稱」。玉林琇稱讚順治帝是「佛心天子」。順治帝初賜玉林琇以「大覺禪師」稱號，不久晉「大覺普濟禪師」，後加封爲「大覺普濟能仁國師」。玉林琇於順治十六年（1659）四月十六日出京，十七年（1660）十月十五日應召再次至京，此時正是董鄂妃仙逝、順治帝萬念俱灰的時候，順治帝總有剃度出家的念頭。第二年二月十五日，玉林琇南還。據説玉林琇爲人「陰鷙」，平常寡言多思，而野心極大，「陽爲忘榮謝

寵，而實陰行其沽名釣譽之術」。他晚年因弟子仗勢強占地產與鄰近民人爭訟，致使寺廟被焚毀。後玉林琇「終日危坐」而死。他著有《大覺普濟玉林國師語錄》（附年譜）等。

木陳忞，廣東茶陽人，出身於書香門第，幼年修行，明崇禎十五年（1642）住持寧波天童寺。他編過《新蒲綠》詩文集，抒發不滿清朝統治的情緒，但後來投靠清廷。有人寫詩諷刺他說：「從今不哭新蒲綠，一任煤山花鳥愁。」木陳忞是比玉林琇伴帝更久、影響更大的名僧，也是一位政治和尚。順治十六年（1659）九月應召入京，第二年五月南還。木陳忞在京8個月，受到順治帝尊崇，下榻於西苑萬善殿，被賜封「弘覺禪師」尊號。順治帝尊稱他為「老和尚」，以師禮事之，自視為弟子。一次順治帝對木陳忞說：朕想前身一定是僧人，所以一到佛寺，見僧家窗明几淨，就不願意再回到宮裡。要不是怕皇太后罣念，那我就要出家了！可見木陳忞確有一套手法，使皇帝受他擺佈。兩人除了參禪問佛以外，還道古論今、臧否人物、評議時政、話題廣泛、語意投機。他稱讚順治帝「夙世為八股時文、詩詞書法，以及小說《西廂記》、《紅拂記》等」，是和尚轉世來的。順治帝對木陳忞的書法非常讚賞，譽其楷書是「字畫圓勁，筆筆中鋒，不落書家時套」，贊他是「僧中右軍」。順治帝對他講過一些心裡話，如想出家、終宵失眠、身體瘦弱等。後來雍正皇帝不滿於木陳忞記事文字中有不少漏洩順治宮廷秘事，對其後世弟子加以打壓，致其衰落。他有《弘覺語錄》、《百城集》、《北遊集》等傳世。

茆溪森，廣東博羅人，父黎紹爵曾任明朝刑部侍郎。茆溪森出家為僧後，作為玉林琇的大弟子，足足有一年半的時間在京說法，伴帝最久。茆溪森與順治帝相處時間最長，奏對默契，甚得帝寵，順治帝曾多次欲封他為禪師，茆溪森因師父玉林琇已獲此號，師徒不便同受封號，竭力奏辭。順治帝親筆大書「敕賜圓照

北京慈壽寺塔

禪寺」的匾額，命杭州織造恭懸於昔日茚溪森住持之浙江仁和縣龍溪庵，以示榮寵。

這些和尚宣揚的佛法理念，可能在一定程度上緩解了順治帝治國的壓力，而真正讓他下決心放棄萬乘之尊皈依佛門的，還是董鄂妃的死。

董鄂妃之死，對順治帝的打擊是致命的。

順治十七年（1660）八月十九日，22歲的董鄂妃因承受不住失去幼子之痛，在承乾宮病死。順治帝悲不欲生，「尋死覓活，不顧一切，人們不得不晝夜看守著他，使他不得自殺」。順治帝輟朝五日，追謚董鄂妃為端敬皇后。在景山建水陸道場，大辦喪事。將宮中太監與宮女30人賜死，讓他們在陰間伺候端敬皇后董鄂氏。命全國服喪，官員一月，百姓三日。茚溪森和尚在景山壽椿殿主持董鄂后火化儀式，順治帝為董鄂氏收取靈骨（骨灰）。順治帝讓學士撰擬祭文，「再呈稿，再不允」。後由張宸具稿，「皇上閱之，亦為墮淚」。以順治帝名義親製的〈行狀〉數千言，極盡才情，極致哀悼，歷數董鄂氏的嘉言懿行、慧品潔德。

順治帝失去董鄂妃後，萬念俱灰，決心遁入空門。有記載統計，從該年九月到十月兩個月中，順治帝曾先後訪問茚溪森的館舍

38次，相訪論禪，徹夜交談，完全沉迷於佛的世界。最後命令茚溪森爲他剃度，決心「披緇山林，孤身修道」，就是要放棄皇位，身披袈裟，孤身修道。茚溪森起初勸阻，順治帝不聽，最後只好幫順治帝剃光了頭髮。這一下皇太后著急了，火速叫人把茚溪森的師父玉林琇召回京城。玉林琇到北京後大怒，下令叫徒弟們架起柴堆，要燒死茚溪森。順治帝無奈，只好答應蓄髮，茚溪森才得免一死。後來茚溪森臨終時作偈語說：「大清國裡度天子，金鑾殿上說禪道！」就是說他同順治帝的特殊關係。茚溪森死後，弟子爲他編輯語錄，書名《敕賜圓照茚溪森禪師語錄》。

這件事過去不久，順治帝又聽從玉林琇的建議，命選僧1500人，在阜成門外八里莊慈壽寺，從玉林琇受菩薩戒，並加封他爲「大覺普濟能仁國師」。有一次順治帝和玉林琇在萬善殿見面，因爲一個是光頭皇帝（新髮尙未長出），另一個是光頭和尙，所以兩人相視而笑。順治帝問玉林琇：「朕思上古，惟釋迦如來舍王宮而成正覺，達摩亦舍國位而爲禪祖，朕欲效之如何？」就是說，釋迦牟尼，捨去王子的豪華生活，29歲出家，經過苦行，在菩提樹下「成道」，成爲佛教的始祖；達摩（菩提達摩），南天竺人，捨棄王位，面壁九年，爲禪宗始祖。自己要效仿他們。玉林琇回答：「若以世法論，皇上宜永居正位，上以安聖母之心，下以樂萬民之業；若以出世法論，皇上宜永作國王帝主，外以護持諸佛正法之輪，內住一切大權菩薩智所住處。」就是勸阻順治帝不要出家爲好。

這次談話兩個月後，宮內傳出順治帝駕崩的消息，皇家辦喪事，噩耗傳天下。

三、患痘而逝

順治十八年（1661）正月初七日，順治帝駕崩，年僅24歲，

實際壽命只有22歲11個月。正當青春年華的皇帝居然這麼快就去世了，所以他的死因引起人們的種種猜測。他去世前頻繁接觸僧人寺院，多次表示想出家的願望，所以人們猜測最多的，就是他是不是沒有死，而是出家了。

持順治帝出家說者，舉出三個證據：其一，文字之證——吳梅村《清涼山贊佛詩》；其二，事實之證——康熙帝奉太皇太后屢幸五臺，必有所爲；其三，文物之證——光緒二十六年（1900），兩宮西狩，道經晉北，供御器具，地方無從措備，借自五臺佛寺，宛然內廷器物，更相信寺中必爲帝王所居。我在下面一一加以分析。

第一，所謂詩文證據。吳梅村《清涼山贊佛詩》云：「房星竟未動，天降白玉棺。惜哉善財洞，未得誇迎鑾。」四句，有人說是指順治皇帝沒有歸天，而是「西行」到西天出家了。當時與後世有不少人認爲，吳梅村在清朝中央做過官，他以見聞入詩，應該可以相信。

第二，康熙幸五臺山。康熙一生先後3次東巡，6次南巡，3次西征，6次西巡，20次去避暑山莊，48次去木蘭圍場。在6次西巡中，5次「幸五臺山」：

第一次，康熙二十二年（1683）二月甲申（十二日），「上幸五臺山菩薩頂」，後登南臺、東臺、北臺、中臺、西臺。丙申（二十四日）下五臺山。

第二次，康熙二十二年（1683）九月己卯（十一日），「上奉太皇太后幸五臺山」起行。十九日，康熙帝登上菩薩頂，太皇太后沒有登上菩薩頂。

第三次，康熙三十七年（1698）正月癸卯（二十七日），「上巡幸五臺山」起行，二月癸丑（初九日）「上駐菩薩頂」。

第四次，康熙四十一年（1702）正月庚戌（二十八日），

康熙出巡圖

「上幸五臺山」起行，二月辛酉（初九日）康熙帝駐蹕菩薩頂。

第五次，康熙四十九年（1710）二月丁酉（初二日），「上巡幸五臺山」起行，戊申（十三日）康熙帝駐蹕五台縣射虎川地方，未登菩薩頂。（《清聖祖實錄》卷二四一）

以上史料說明：康熙帝在他父親死了22年之後才第一次到五臺山，五次巡幸五臺山中有一次沒有登上菩薩頂，太皇太后只去五臺山一次且未上菩薩頂。這些從一個側面說明：康熙帝登五臺並不是為了看望他的父親，否則何不早去，而要等到22年之後呢？至於太皇太后連菩薩頂也沒有登，顯然不是為了看出家的順治皇帝。

第三，所謂宮廷用具。康熙帝先後五次到五臺山，為生活方便，也為減省當地費用，有些器具從皇宮帶去，所以會留下一些器物，這同順治帝出家沒有必然的聯繫。

由上述分析可見，順治帝出家的說法不足為信。實際上，他的確是患天花病死。有哪些證據呢？

　　第一，《世祖實錄》記載。順治十八年（1661）正月初一日，順治帝沒有視朝，初二日「上不豫」，初四日「上大漸」，初七日「上崩於養心殿」。

　　第二，當事人的記載。曾爲順治帝撰擬董鄂妃祭文的內閣官員張宸記載：「傳諭民間勿炒豆，勿燃燈，勿潑水，始知上疾爲出痘。……十四日，焚大行御冠袍、器用、珍玩於宮門外。時百官哭臨未散，遙聞宮中哭聲，沸天而出，仰見皇太后黑素袍，御乾清門台基上，南面，扶石而立，哭極哀。諸宮娥數輩，俱白帕首、白衣從哭，百官亦跪哭。」（張宸，《青琱集‧雜記》）

　　第三，兩位高僧記載。《玉林國師年譜》記載：「順治十八年正月初三，中使馬公二次奉旨至萬善殿云：『聖躬少安。』師集眾展禮御賜金字《楞嚴經》，繞持大士名一千，爲上保安。初四，李近侍言：『聖躬不安之甚。』初七亥刻，駕崩。初八日，皇太后慈旨，請師率眾即刻入宮，大行皇帝前說法。……二月初二，奉旨到景山，爲世祖安位。」玉林琇和尚親臨順治帝的大殯。

　　《敕賜圓照茆溪森禪師語錄》記載：辛丑（順治十八年）二月初三日，欽差內總督滿洲大人通議變儀正堂董定邦，奉世祖遺詔到圓照（指杭州圓照寺），召師進京舉火，即日設世祖升遐位。……四月十六日，茆溪森奉旨至京，表賀康熙皇帝。過了幾天，「詣世祖金棺前秉炬」火化。同書卷二又記：火化時，茆溪森在景山壽皇殿「秉炬，曰：『釋迦涅槃，人天齊悟，先帝火化，更進一步。』顧左右曰：『大眾會麼？壽皇殿前，官馬大路。』遂進炬」（卷六《佛事門記》）。順治帝臨終前說：「祖制火浴，朕今留心禪理，須得秉炬法語……。」按照他的遺願，順治帝死後被火化，由茆溪森和尚主持。茆溪森和尚在景山壽皇殿，親自爲順治帝遺體秉炬火化。

孝陵神道

第四，**王熙自定年譜**。順治帝病危時，翰林院掌院學士王熙起草〈遺詔〉。《王熙自定年譜》記載：順治十八年（1661年）正月初二日，順治帝前往憫忠寺（今法源寺）觀看代他出家的替身吳良輔祝法爲僧，回來後「聖躬少安」，就是順治帝突然病倒，病情嚴重。第二天，順治帝召王熙到養心殿，賜坐、賜茶。第三天，召入養心殿，「聖躬不安之甚」。初六日子夜，又召王熙到養心殿，說：「朕患痘，勢將不起。爾可詳聽朕言，速撰詔書。」王熙在榻前書寫，然後退到乾清門下西圍屏內，根據順治帝的意思，撰寫〈遺詔〉，寫完一條，立即呈送。一天一夜，三次進覽，三蒙欽定。日入時始完。至夜，聖駕賓天，泣血哀慟。〈遺詔〉到初七日傍晚撰寫修改完畢。當夜，順治帝就去世了。

第五，**西洋人的記載**。《湯若望傳》記載：「順治對於痘症有一種極大的恐懼，因爲這在成人差不多也總是要傷命的。在宮中特爲侍奉痘神娘娘，是另設有廟壇的。或許是因他對於這種病症的恐懼，而竟使他真正傳染上了這種病症。在這個消息傳出宮外之後，湯若望立即親赴宮中，流著眼淚，請求容許他觀見萬歲。……順治病倒三日之後，於一六六一年二月五日到六日之夜間崩駕，享壽還未滿二十三歲。」

第六，還有一條旁證。順治帝死後，在考慮他的繼位者時，孝莊太后最終選定了玄燁，理由之一是玄燁已經出過天花。可見順治帝因患天花而英年早逝，深深震動了他的母后以至朝廷。

綜上，官方記載與私人記述，當時中國人與外國人，中央官員與出家和尚，都一致說順治帝死於天花。所以，我認為：順治帝不是出家了，而是病死了。

相關推薦書目

(1) 孟森，《世祖出家事考實》，《明清史論著集刊》（中華書局，2006）。

(2) 周遠廉，《順治帝》（吉林文史出版社，1993）。

(3) 閻崇年，《正說清朝十二帝》（增訂圖文本）（中華書局，2006）。

(4) 陳捷先，《順治寫真》（遠流出版公司，2006）。

(5) 閻崇年，《清朝皇帝列傳》（紫禁城出版社，2007）。

第五講
康熙太子立廢

康熙帝晚年讀書像

康熙帝玄燁，8歲登極，在位61年，享年69歲，廟號聖祖，諡號仁皇帝。康熙皇帝是中國歷史上有文字記載以來，在位時間最長的君主。康熙帝革除舊制，施行新政，勤於國事，好學不倦，禦敵入侵，山河一統，治河重農，提倡文教，奠下了清朝興盛的根基。康熙帝「雖曰守成，實同開創焉」，開啓了「康乾盛世」的大局面，他的功業和治術受到當世以及後代史家的推崇。然而，即使是康熙帝這樣的一代「聖主」，也照樣有解決不了的難心事，就拿皇位繼承來說，太子是立了廢、廢了立，兩立兩廢，始終沒有得到自己希望的圓滿結果。

一、康熙皇子與立儲原因

康熙帝有35個兒子，其中排序的有24位。這裡先交代一下康熙帝皇子們的名字。

皇子命名：前九個皇子起名，主要是採納了太皇太后的意見，老大叫承瑞，老二叫承祐，老三叫承慶，老四叫賽音察渾，老五叫保清，老六叫長華，老七叫保成，老八叫長生，老九叫萬黼。這種現象反映了滿漢文化的交融。康熙二十年（1681）以後，康熙帝按「胤」字排行，爲皇子命名。如原老五保清排序皇長子改名胤禔，原老七保成爲皇太子改名胤礽。雍正帝胤禛即位後，爲避名諱，除自己外，其他皇兄弟都避諱「胤」字而改爲「允」字排行。但是，皇十四弟「胤禛」的兩個字都改了，改名「允禵」。這樣，康熙帝的皇子們有的有兩個名字，有的有三個名字。

康熙帝排序的24位皇子中，除去夭折4人、出繼1人，還有19人，康熙帝臨終前未滿16歲的有5人。所以，可以考慮皇位繼承的只有14人。他們是：

皇長子	胤禔	1672年生
皇次子	胤礽	1674年生
皇三子	胤祉	1677年生
皇四子	胤禛	1678年生
皇五子	胤祺	1679年生
皇七子	胤祐	1680年生
皇八子	胤禩	1681年生
皇九子	胤禟	1683年生
皇十子	胤䄉	1683年生
皇十二子	胤祹	1685年生
皇十三子	胤祥	1686年生
皇十四子	胤禵	1688年生
皇十五子	胤禑	1693年生
皇十七子	胤禮	1697年生

立儲原因：康熙帝在22歲時就立胤礽爲皇太子，他爲什麼在自己如此年輕的時候就急著確定皇儲呢？主要原因有五：

第一，滿洲歷史教訓。康熙帝的曾祖父努爾哈赤、祖父皇太極臨死之前都沒有公開確定並宣布皇位繼承人，努爾哈赤死後由八旗旗主公推新汗，皇太極死後由實力較強的諸王、大臣議立新君。由此引起爭奪大位的事件，幾乎兵戎相見，使政權瀕於分裂的危險。

第二，皇權旗權矛盾。皇權是指皇帝的權力，旗權是指八旗貴族的權力，二者有統一、也有矛盾。天命末、崇德末的皇位繼承，旗權占主導地位。順治朝由諸王、大臣議立新君的制度開始發生變化。順治帝24歲病逝前，想不遵祖制，以從兄弟爲繼承人。但他的願望沒有實現。最後由順治帝與孝莊太后、諸王、大臣等商量，決定由皇三子玄燁來繼承皇位，四大臣索尼（正黃旗）、蘇克

薩哈（正白旗）、遏必隆（鑲黃旗）、鰲拜（鑲黃旗）輔政，皇權與旗權取得了折衷。康熙帝立皇太子，為的是強化皇權，削弱旗權。

第三，學習漢族經驗。康熙帝學習並接受漢族儒家經典，研究中國歷朝統治經驗，深悉預立儲君有利於皇權的連續性與穩固性，是鞏固清王朝統治的頭等政治大事。他開始接受歷代皇位繼承的經驗，特別是明朝皇位嫡長制（正妻長子）繼承皇位的歷史傳統。

第四，平定叛亂所需。當時發生「三藩」之亂，偽託「朱三太子」蠱惑人心，以之為號召，煽動起叛亂，使康熙帝看到「太子」威力之大。他命殺掉吳三桂唯一的兒子、在北京做人質的額駙吳應熊，以喪其志、絕其望；同時，自己也立皇太子，以為身後預作準備，並有壯大聲勢、穩定人心、加強皇權、鞏固統治的作用。

第五，還有特殊原因。皇太子胤礽的生母是皇后赫舍里氏，出身顯赫，她的爺爺索尼是輔政大臣、一等公，她的父親噶布喇是康熙朝的領侍衛內大臣，她的叔叔索額圖則官至大學士。赫舍里氏12歲嫁給玄燁，兩人

胤礽之母孝誠仁皇后朝服像

恩愛，但不幸在生育胤礽時因難產而死，年僅22歲。康熙帝與這位早逝的皇后感情很深。舉個例子：康熙十三年（1674）五月初五日，赫舍里氏去世後第三天，梓宮遷於紫禁城西，直到二十七日，康熙帝幾乎每天都去舉哀；後來他親自將梓宮送往昌平鞏華城，從六月到十二月，他去鞏華城34次，第二年又去了24次，第三年去了15次。有學者統計，從康熙十三年到十六年，他一共去了80次。這四年裡，每逢臘月二十九，他都去鞏華城陪伴亡靈。母因子死，子以母貴。康熙帝對這位嫡長子格外關愛，決定改變曾祖父、祖父、父親三代皇位繼承制度，而實行皇位嫡長繼承制，預立胤礽為儲君。

二、太子一立與太子一廢

首立太子：康熙十四年（1675）十二月十三日，只有22歲的康熙帝親臨太和殿，參照漢族的「嫡長制」，冊立剛滿周歲的嫡長子胤礽為皇太子，「以重萬年之統，以繫四海之心」（《清聖祖實錄》卷五八）。設立詹事府滿、漢詹事。詹事府是一個中央機關，主官為詹事，滿、漢各一人，正三品（相當於副部級），本是皇帝的文學侍從、日講官，康熙二十五年（1686）後，詹事湯斌等為皇太子老師、上書房師傅。

皇太子寶

太子教育：康熙帝特別關心皇太子的成長，比對眾皇子的教育傾注了更多的心血。太子幼小時候，康

熙帝就開始親自為他授課：「上在宮中親為東宮講授『四書』、『五經』，每日御門聽政之前，必令將前一日所授書背誦、複講一過，務精熟貫通乃已。」（章乃煒、王藹人編纂，《清宮述聞》）太子稍長，康熙帝向他傳授治國之道，教導皇太子以祖宗為楷模，守成基業；又傳授經史，借鑑歷史經驗，體察人心向背，並帶他外出視察。

皇太子6歲拜師入學，先後有張英、李光地、熊賜履、湯斌等名儒任皇太子的老師。皇太子13歲時，康熙帝仿照明朝教育東宮的做法，正式讓皇太子出閣讀書，多次在文華殿為滿、漢大臣講解儒家經典。

皇太子天資聰穎，學業進步很快。史載：皇太子「通滿、漢文字，嫻騎射，從上行幸，賡詠斐然」（《清史稿》卷二二〇，〈允礽傳〉）。而且身體健壯，眉清目秀，一表人才，康熙帝非常喜愛。

委以重任：康熙三十五年（1696）、三十六年（1697），康熙帝三次親征噶爾丹，先後有十多個月的時間不在京城，他命22歲的皇太子胤礽坐鎮京師處理朝政：「代行郊祀禮；各部院奏章，聽皇太子處理；事重要，諸大臣議定，啓皇太子。」（《清聖祖實錄》卷一七一）由於皇太子恪盡職守，「舉朝皆稱皇太子之善」（《清聖祖實錄》卷二三四）。康熙帝也很滿意，他給皇太子的硃批說：「皇太子所問，甚周密而詳盡，凡事皆欲明悉之意，正與朕心相同，朕不勝喜悅。且汝居京師，辦理政務，如泰山之固，故朕在邊外，心意舒暢，事無煩擾，多日優閑，冀此豈易得乎？朕之福澤，想由行善所致耶！朕在此凡所遇人，靡不告之。因汝之所以盡孝以事父，凡事皆誠懇惇切，朕亦願爾年齡遐遠，子孫亦若爾之如此盡孝，以敬事汝矣。因稔知爾諸事謹慎，故書此以寄。」（《宮中檔康熙朝奏摺》第八輯，《滿文諭摺》）這個時期，皇太

子已經進入青年時期，康熙帝開始在實踐中鍛鍊他，對他充分信任，寄予莫大希望。

這時，康熙帝自己進入中年，皇子們逐漸長大成人。康熙三十七年（1698）三月，康熙帝分別冊封成年諸皇子爲郡王、貝勒，其中：封皇長子胤禔爲多羅直郡王，皇三子胤祉爲多羅誠郡王，皇四子胤禛、皇五子胤祺、皇七子胤祐、皇八子胤禩，俱爲多羅貝勒。受封諸子參與國家政務，並分撥佐領，各有屬下之人。分封皇子，相對削弱了皇太子的力量，對皇太子是又一次考驗。同時，諸年長皇子有權有勢以後，加劇了與皇太子的矛盾，諸皇子及其黨羽的共同打擊目標是皇太子及皇太子黨。於是，在皇帝與儲君、諸皇子與皇太子之間的矛盾錯綜複雜，日益加劇。

索額圖黨：康熙帝立胤礽爲皇太子後，朝中就出現了擁護皇太子與反皇太子的兩大政治勢力。皇太子黨首腦人物索額圖，是康熙幼年首席輔政大臣索尼之子、孝誠仁皇后叔父、皇太子舅老

胤礽居住的毓慶宮

爺、大學士、領侍衛內大臣，曾經是康熙帝最信任的大臣之一。康熙二十八年（1689）他擔任中俄議定邊界談判的中方首席代表，主張尼布楚、雅克薩兩地當歸清朝，簽訂「中俄尼布楚條約」。但是他後來陷入了康熙帝與皇太子矛盾的漩渦。康熙四十二年（1703）五月，康熙帝以索額圖「議論國事，結黨妄行」之罪，令宗人府將其拘禁，不久死於幽所。康熙帝又命逮捕索額圖諸子，交其弟弟心裕、法保拘禁，並命：「若別生事端，心裕、法保當族誅！」大臣麻爾圖、額庫禮、溫代、邵甘、佟寶等，也以黨附索額圖之罪，被禁錮，「諸臣同祖子孫在部院者，皆奪官。江潢以家有索額圖私書，下刑部論死」（《清史稿》卷二六九，〈索額圖傳〉）。就是說，只要與索額圖稍有牽連者，都受到株連。

　　對索額圖如此嚴懲的原因，直到五年以後廢皇太子時，康熙帝才作了明確解釋：「從前索額圖助伊潛謀大事，朕悉知其情，將索額圖處死。」（《清聖祖實錄》卷二三四）到第二次廢皇太子時，康熙帝更明確說皇太子問題根子在索額圖：「驕縱之漸，實由於此。索額圖誠本朝第一罪人也！」（《清聖祖實錄》卷二五三）就是說索額圖之罪在於結皇太子黨，驕縱皇太子，圖謀篡奪皇位。所以康熙帝嚴懲索額圖，打擊並削弱外戚勢力，而給皇太子敲警鐘。

　　矛盾激化：康熙四十七年（1708）五月十一日，康熙帝巡幸塞外，命皇太子、皇長子、皇十三子、皇十四子、皇十五子、皇十六子、皇十七子、皇十八子隨駕。在巡幸期間，發生了幾件事，促使康熙帝與皇太子矛盾激化。

　　第一件事。反對皇太子的胤禔等皇子向康熙帝報告了許多皇太子的不良表現。比如，說他暴戾不仁，恣行捶撻諸王、貝勒、大臣，以至兵丁「鮮不遭其荼毒」（《清聖祖實錄》卷二三四），還有截留蒙古貢品，放縱奶媽的丈夫、內務府總管凌普敲詐勒索屬

下等。種種不仁的表現，都令康熙帝非常不滿。這些報告，有些是不實之辭，但是康熙帝深信不疑。最重要的是，他不僅為皇太子的暴行所氣惱，而且不滿皇太子的越位處事。他認為皇太子的行為是：「欲分朕威柄，以恣其行事也。」（《清聖祖實錄》卷二三三）

第二件事。康熙帝巡幸途中，剛滿7歲的皇十八子胤祄患了急性病，康熙帝十分焦慮，皇太子卻無動於衷。康熙帝一方面疼愛年幼的皇十八子，一方面又回想起十多年來一直耿耿於懷的一件

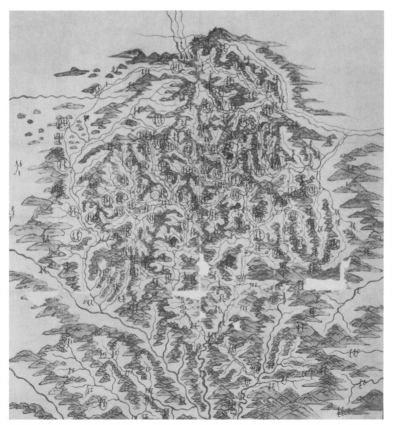

清宮內務府《木蘭圖》，該圖主要反映清帝木蘭秋獮的北上路線。

事：康熙二十九年（1690）七月，烏蘭布通之戰前夕，康熙帝出塞，途中生病，令皇太子與皇三子馳驛前迎。胤礽到行宮給皇父請安，看到天顏消瘦，竟沒有憂戚之意，也沒有良言寬慰。康熙帝認為這位皇太子「絕無忠愛君父之念」，讓他先回北京（《清聖祖實錄》卷一四七）。當時只有16歲的胤礽可能根本沒有意識到皇父的不滿，但是康熙帝認為這說明皇太子不孝，不堪重用。後來康熙帝在廢皇太子時說已包容了20年，就是把這件事作為起點的，可見此事給康熙帝留下多麼深的印象。當年君父生病，皇太子就不關心，現在幼弟生病，他還是這般冷漠。康熙帝氣憤地責備皇太子：「伊係親兄，毫無友愛之意。」但是皇太子不僅不接受批評，而且還「忿然發怒」（《清聖祖實錄》卷二三四）。這件事使康熙帝覺得皇太子實在冷漠無情，缺乏仁義之心。

第三件事。在返京途中，康熙帝發現皇太子夜晚靠近他的帳篷，從縫隙向裡面窺視，便立即懷疑皇太子可能要「弒逆」。這件事也刺激康熙帝下決心立即廢掉皇太子。

初廢太子：康熙四十七年（1708）九月初四日，康熙帝在巡視塞外返回途中，在布爾哈蘇台，召集諸王、大臣、侍衛、文武官員等至行宮前，垂淚宣布皇太子胤礽的罪狀：

第一，專擅威權，肆惡虐眾，將諸王、貝勒、大臣、官員恣行捶撻；

第二，窮奢極欲，吃穿所用，遠過皇帝，猶不以為足，恣取國帑，遣使邀截外藩入貢之人，將進御馬匹，任意攘取；

第三，對親兄弟，無情無義，有將諸皇子不遺噍類之勢；

第四，鳩聚黨羽，窺伺朕躬，起居動作，無不探聽，伊每夜逼近布城，裂縫向內窺視；

第五，從前索額圖助伊潛謀大事，朕悉知其情，將索額圖處死。今胤礽欲為索額圖復仇，結成黨羽。朕未卜今日被鳩，明日遇

害，晝夜戒愼不寧（《清聖祖實錄》卷二三四）。

羅列罪狀之後，康熙帝說：不能讓這不孝不仁的人為君。

康熙帝「且諭且泣，至於仆地」。諭畢，命將胤礽即行拘執（《清聖祖實錄》卷二三四）。

同日，康熙帝為了打擊皇太子集團的勢力，下令將索額圖的兩個兒子格爾芬、阿爾吉善及胤礽左右二格、蘇爾特、哈什太、薩爾邦阿等人「立行正法」。

就在同一天，皇十八子胤祄死。這對康熙帝來說，眞是禍不單行，感情上受到沉重的打擊。康熙帝為了政治上的需要，不得不廢斥皇太子。但廢斥之後，又很難過、憤恨、失望、惋惜、憐愛，複雜的心情，交織在一起，一連六日「未嘗安寢」，對諸臣談起此事，「涕泣不已」（《清聖祖實錄》卷二三四）。

九月十六日，康熙帝回到北京。命在皇帝養馬的上駟院旁設氈帷，給胤礽居住。又命皇四子胤禛與皇長子胤禔共同看守。當天，康熙帝召集諸王、貝勒等副都統以上大臣、九卿、詹事、科道官員等於午門內，宣諭拘執皇太子胤礽之事。康熙帝親撰告祭文，於十八日告祭天地、太廟、社稷。將廢皇太子幽禁咸安宮，二十四日，頒詔天下。

皇太子從康熙十四年（1675）初立，至康熙四十七年（1708）初廢，長達33年之久。這時康熙帝55歲，皇太子35歲。為了培養皇太子，康熙帝可謂費盡苦心。廢皇太子一事使康熙帝悲憤疊加、格外痛心、心力交瘁。此時，康熙帝已經進入老年，而接班人卻變得渺茫。他哀求皇子們說：在同一時間裡發生皇十八子死和廢皇太子兩件事，心傷不已，你們仰體朕心不要再生事了。然而康熙帝的兒子太多，他在位時間又長，「夜長夢多」，皇子們早已形成了幾個利益攸關的政治集團。他們之間的爭鬥，不是爭奪房子、銀子、珠寶和土地，而是皇位。巨大的誘惑，使這種爭奪由表及裡，由隱到

顯，由緩到急，由溫到烈，勢不能止。康熙帝廢掉皇太子的舉動不僅沒有制止這種爭奪，反而讓一些皇子彷彿看到了希望，因而儲位之爭更為激烈。

三、太子二立與太子二廢

胤礽被廢，皇太子位空缺，諸皇子立即為爭奪儲位而積極活動。

皇長子胤禔：他的有利條件是：一則居長，二則原大學士明珠是其舅父，三則得到皇父的寵愛。為了爭奪儲位，他可謂煞費苦心。

第一，爭取立長。他錯估形勢，認為康熙帝立嫡不成，勢必立長。

但康熙帝對他的野心已有所察覺。康熙四十七年（1708）九月初四日，宣布拘執胤礽同時，即明確宣諭：「朕前命直郡王允禔善護朕躬，並無欲立允禔為皇太子之意。允禔秉性躁急、愚頑，豈可立為皇太子？」（《清聖祖實錄》卷二三四）

第二，請殺允礽。胤禔利令智昏，竟奏請殺掉胤礽，說：「今欲誅允礽，不必出自皇父之手。」康熙帝聽了，非常驚異，意識到胤禔與胤禩結黨謀儲位，竟欲殺害胤礽，若是得逞，後果嚴重。康熙帝一再批評胤禔，指出其殺弟之念：不諳君臣大義，不念父子至情，天理國法，皆所不容。

第三，推薦胤禩。胤禔見自己奪儲無望，便想推薦與己關係密切的皇八弟胤禩（胤禩少時為長兄胤禔生母惠妃所撫養）。

第四，製造輿論。胤禔利用張明德相面事，為胤禩製造輿論，說：「相面人張明德曾相允禩，後必大貴。」康熙帝派人追查張明德相面之事，查出不僅有相面之事，而且有謀殺皇太子的企

圖。

第五，鎮魘胤礽。皇三子胤祉向康熙帝揭發：皇長子與一個會巫術的人有來往。經查，發現胤禔用巫術鎮魘胤礽，陰謀暗害親兄弟，並有物證。其母惠妃出身微賤，向康熙帝奏稱胤禔不孝，請置正法。康熙帝不忍殺親生兒子，令革其王爵，終身幽禁，並將其所屬包衣佐領及人口，均分給皇十四子胤禵及皇八子胤禩之子弘旺。同時又警惕以明珠為首另一支外戚實力的增長。

皇八子胤禩：胤禩精明能幹，在朝中有威望，黨羽多，聲勢大。胤礽被廢後，胤禩很有希望當皇太子。但康熙帝從相面等事發現他有野心，「黨羽早相要結」，對張明德等謀刺皇太子事知情不舉；又發現胤禩署內務府總管事時，到處拉攏、妄圖虛名，將皇帝所賜恩澤、功勞歸於自己。

康熙四十七年（1708）九月，康熙帝痛斥胤禩道：「允禩柔奸性成，妄蓄大志，黨羽相結，謀害允礽。今其事敗露，即鎖繫，交議政處審理。」胤禩告訴皇十四弟胤禵，胤禵進入，營救胤禩。康熙帝大怒，拔出佩刀，將誅胤禵。善良敦厚的皇五子胤祺上前，跪抱勸止，康熙帝憤怒少解。這件事情鬧得宮廷烏煙瘴氣（《清聖祖實錄》卷二三四）。同年十一月，復允禩為貝勒。

皇八子胤禩信函

　　康熙四十七年（1708）十一月十四日，康熙帝召滿漢文武大臣齊集暢春園，令從諸皇子（皇長子除外）中舉奏一位堪任皇太子之人，說：「眾議誰屬，朕即從之。」康熙帝的意思是復立皇太子。令諸臣推舉皇太子之前，康熙帝曾找李光地，詢問廢皇太子病「如何醫治，方可痊好」？試圖啟發臣下，復立胤礽。很明顯，胤礽的病由廢皇太子而引起，所以「解鈴還須繫鈴人」，對症下藥，只有復立。李答：「徐徐調治，天下之福。」李光地為少惹是非，未向任何人透露此事，以致推舉時，諸臣將胤禩推舉出來。這次推舉過程是：

皇四子胤禛行樂圖

「集議日，馬齊先至，張玉書後入，問：『眾意誰屬？』馬齊言眾有欲舉八阿哥者。俄，上命馬齊勿預議，馬齊避去。阿靈阿等書『八』字密示諸臣，諸大臣遂以允禩名上，上不懌。」（《清史稿》卷二八七，〈馬齊傳〉）時馬齊為大學士，阿靈阿為領侍衛內大臣兼理藩院尚書。康熙帝指出：皇八子未曾辦理過政事；近又罹罪，其母出身微賤，故不宜立為皇太子（《清聖祖實錄》卷二三五）。康熙帝傳諭李光地，提醒說：「前召爾入內，曾有陳奏，今日何無一言？」這時諸臣才恍然大悟。

　　大家注意，這時的皇四子胤禛不露聲色、暗自韜晦、觀察窺測、等待時機。

康熙帝深惡皇子結黨，內外勾結，上下串聯，蓄謀大位。他說：「諸皇子有鑽營為皇太子者，即國之賊，法所不容。」

再立太子：儲位空缺，諸子紛爭愈演愈烈，使康熙帝認識到有必要把這個缺位補上，以堵塞諸子爭儲之路。鑑於朝中保奏胤禩的勢力大、呼聲高，康熙帝考慮唯有用嫡長子抵制一途可行。後來他說：「諸大臣保奏八阿哥，朕甚無奈，將不可冊立之允礽放出。」（《清聖祖實錄》卷二六一）所以，康熙四十八年（1709）三月初九日，以復立皇太子胤礽，遣官告祭天地、宗廟、社稷。次日，分別將皇三子胤祉、皇四子胤禛、皇五子胤祺晉封親王，七子胤祐、十一子胤祇晉封郡王，九子胤禟、十二子胤祹、十四子胤禵，俱封為貝子，胤禩在此前已復為貝勒。康熙帝試圖以此促進皇太子與諸皇子以及諸子之間的團結。

實際上，康熙帝重新認識到允礽的罪名原多不實。當初，他最懷疑胤礽企圖謀殺他，皇太子申訴說：「皇父若說我別樣的不是，事事都有，只弒逆的事，我實無此心。」康熙帝聽了，不但未斥責皇太子，反而認為說得對，令將胤礽項上的鎖鏈取下（《文獻叢編》第3輯，《胤禩胤禟》）。

本來，自廢皇太子後，康熙帝就痛惜不已，無日不流涕、寢食不寧。他回想拘禁胤礽那天，「天色忽昏」，十八子胤祄病死；進京前一日，大風旋繞駕前；夜間夢見已故祖母太皇太后，遠坐不言，顏色殊不樂，與平時不同；皇后亦以皇太子被冤見夢（《清聖祖實錄》卷二三五）。康熙四十七年（1708）十月十九日，去南苑行圍，憶昔皇太子及諸阿哥隨行之時，不禁傷懷。終於在十月二十三日病倒。當日回宮，立即召見胤礽，並將召見胤礽事諭告臣下，謂：「自此以後，不復再提往事。」（《清聖祖實錄》卷二三五）此後經常召見胤礽，每「召見一次，胸中疏快一次」。

康熙四十七年（1708）十一月十五日，康熙帝召科爾沁達爾漢

親王額駙班第、領侍衛內大臣、都統、護軍統領、滿大學士、尚書等入宮，親自向他們宣布：「皇太子前因魘魅，以至本性汩沒耳。因召至於左右，加意調治，今已痊矣。」命人將御筆朱書，當眾宣讀。諭旨內容為：

> 前執允礽時，朕初未嘗謀之於人。因理所應行，遂執而拘繫之，舉國皆以朕所行為是。今每念前事，不釋於心，一一細加體察，有相符合者，有全無風影者。況所感心疾，已有漸愈之象，不但諸臣惜之，朕亦惜之。今得漸愈，朕之福也，亦諸臣之福也。朕嘗令人護視，仍時加訓誨，俾不離朕躬。今朕且不遽立允礽為皇太子，但令爾諸大臣知之而已。允礽斷不報復仇怨，朕可以力保之也。（《清聖祖實錄》卷二三五）

這是一份平反昭雪文書，意向已極明白，將要復立胤礽為皇太子。康熙帝召廢皇太子、諸皇子及諸王、大臣、都統、護軍統領等，進一步澄清事實，說胤礽「雖曾有暴怒捶撻傷人事，並未致人於死，亦未干預國政」、「胤禔所播揚諸事，其中多屬虛誣」。接著，當眾將胤礽釋放。胤礽表示：「皇父諭旨，至聖至明。凡事俱我不善，人始從而陷之殺之。若念人之仇，不改諸惡，天亦不容。」（《清聖祖實錄》卷二三五）

皇太子雖復立，但原有的君儲矛盾並未解決，所以很快就又發生了嚴懲皇太子黨的事件。這次抓的是步軍統領托合齊。

嚴懲托合齊： 托合齊出身卑微，原為安親王家人，後轉為內務府包衣，曾任廣善庫司庫。以其為定嬪之兄、皇十二子允祹之舅，故受到康熙帝信任，於康熙四十一年（1702）六月出任步軍統領。

康熙五十年（1711）十月二十日，以托合齊有病為由，將其解職；同時任命隆科多為步軍統領。托合齊被解職七天後，即十月二十七日，康熙帝在暢春園大西門內箭廳召見諸王、貝勒、文武大臣等，宣稱：「諸大臣皆朕擢用之人，受恩五十年矣，其附皇太子者，意將何為也？」於是當場逐個質問刑部尚書齊世武、兵部尚書耿額等。眾人矢口否認結黨，康熙帝令鎖拿候審（《清聖祖實錄》卷二四八）。另外，命將已經解職的步軍統領托合齊，拘禁宗人府。

至次年四月，議處戶部尚書沈天生等串通戶部員外郎伊爾賽等，包攬湖灘河朔事例額外多索銀兩一案。經刑訊取供：刑部尚書齊世武受賄3000兩，步軍統領托合齊受賄2400兩，兵部尚書耿額受賄1000兩。這在貪污大案中本是微不足道的數字，但因有皇太子黨一事，處罰特重。這三個人與主犯沈天生、伊爾賽等一樣，俱擬絞監候，秋後處決。命將尚書齊世武「以鐵釘釘其五體於壁而死」。另據《滿洲名臣傳·齊世武列傳》記載：齊被判絞之後，又改發遣伯都納，雍正二年（1724）卒。十月二十九日，議托合齊將其「即行凌遲處死」，不久於監所病故，命將其「剉屍揚灰，不准收葬」。就是將托合齊的屍體剉了、燒了、揚灰了。其罪主要是：胤礽潛通信息，求托合齊等人，借助手中之權勢，「保奏」他盡早即帝位（《清聖祖實錄》卷二五〇）。這就是說，是皇太子在策劃逼皇父盡早讓位，因此，康熙帝怒不可遏。

再廢太子：皇帝與儲君之間的矛盾，終於又發展到不可調和的地步，康熙帝決定再廢皇太子。康熙五十一年（1712）九月三十日，康熙帝巡視塞外回京當天，即向諸皇子宣布：「皇太子允礽自復立以來，狂疾未除，大失人心，祖宗弘業斷不可託付此人。朕已奏聞皇太后，著將允礽拘執看守。」十月初一，以御筆朱書向諸王、貝勒、大臣等宣諭重新廢黜胤礽的理由，主要是：

第一，從釋放之日，乖戾之心，即行顯露；

第二，數年以來，狂易之疾，仍然未除；

第三，是非莫辨，大失人心；

第四，秉性兇殘，與惡劣小人結黨。

康熙帝要求諸臣：「各當絕念，傾心向主，共享太平。後若有奏請皇太子已經改過從善，應當釋放者，朕即誅之。」（《清聖祖實錄》卷二五一）十一月十六日，將廢皇太子事遣官告祭天地、太廟、社稷。

康熙帝第二次廢黜皇太子，雖然並非如他自己所說「毫不介意，談笑處之」，但確實不像第一次時那麼痛苦。因爲他發現，立皇太子就難免有矛盾；不立皇太子可能更好，因爲這樣可以減少皇儲爭奪的內鬥。數月之後，針對有的官員奏請冊立皇太子，康熙帝答覆說：

> 宋仁宗三十年未立太子，我太祖皇帝並未預立皇太子，太宗皇帝亦未預立皇太子。漢唐以來，太子幼沖，尚保無事；若太子年長，其左右群小結黨營私，鮮有能無事者。……今眾皇子學問、見識，不後於人，但年俱長成，已經分封，其所屬人員未有不各庇護其主者，即使立之，能保將來無事乎？（《清聖祖實錄》卷二五三）

皇十四子胤禵：皇十四子胤禵在幾位阿哥接連受挫後，積極活動，謀取儲位。他討好大臣、禮賢下士。歷史給他提供了一個或吉或凶的機遇。康熙五十七年（1718），命胤禵爲撫遠大將軍，征討策旺阿拉布坦。行前，康熙帝親往堂子行祭告禮；親御太和殿授印；胤禵乘馬出天安門，諸王、二品以上文武官員都到德勝門外

軍營送行。胤禵稱「大將軍王」，用正黃旗纛。胤禵對胤禵說：
「早成大功，得立爲皇太子。」可見胤禵、胤禵等將這次出征立
功，視爲爭取皇儲的機會。但是，康熙帝病故時，胤禵恰巧不在宮
廷，胞兄胤禛得以繼位。所以胤禵掛大將軍印出征，給他命運帶來
的不是吉兆，而是凶訊。

四、歷史經驗與沉痛教訓

康熙帝晚年因其諸子皇位繼承糾葛，心境悲苦，大傷元氣，
鬱結成疾，病情日重。他曾經說：「日後朕躬考終，必至將朕置
乾清宮內，爾等束
甲相爭耳！」這裡有
個典故，說的是春秋
五霸之一齊桓公的故
事。齊桓公晚年五個
兒子樹黨爭立，桓公
剛死，諸子相攻，箭
射在屍體上，其屍體
在床上67日未入殮，
以至蛆蟲爬出窗外。
康熙六十一年十一月
十三日（1722年12月
20日），康熙帝終於
抱憾而死。

作爲一代聖主的
康熙帝爲什麼處理不
好儲位繼承的問題？　撫遠大將軍胤禵西征圖

從他兩立兩廢皇太子的事情上，可以得到哪些啓示和經驗教訓？

　　第一，沒有處理好皇帝與儲君的矛盾。當時處於八和碩貝勒共治國政向中央集權過渡時期，預立儲君，包括皇帝、滿洲貴族和儲君本人都一時無法適應這種新的情況。比如，實行儲君制度，就應當堅持儲君不御政。皇太子御政，必然引發皇太子與皇帝的權力衝突。皇太子御政，必然從中植成黨羽，與皇權相爭。康熙帝一方面改革前代的皇位繼承制度，建立儲君；另一方面又讓太子領兵從政，派皇太子和其他皇子參與各種軍政事務，其本意是鍛鍊和培養皇子，讓他們爲國家建功立業。皇太子權勢的增長侵犯和威脅了皇權。無形中朝廷裡似乎要出現兩個中心，至高無上的皇權受到侵犯。康熙帝事與願違，陷入漩渦，遭到失敗。

　　第二，沒有處理好太子與皇子的矛盾。明朝諸王「列爵而不臨民，食祿而不治事」，清朝諸王「內襄政本，外領師干」，這樣太子與皇子便發生矛盾。康熙帝本意是培養教育皇子，卻使他們增長了對權力與財富的欲望。這不依康熙帝的意志爲轉移，也不是皇太子主觀意志所決定的。諸皇子成人之後，賜封世爵，分撥人口，建立府第，設置官署，對內臨政，對外領兵。各自所屬人員又「各庇護其主」，甚而糾集黨羽。這本身就容易與皇權產生某種矛盾。如果設立皇太子，其地位高於諸王，近於皇帝，又必然爲諸皇子所不容，使矛盾更趨複雜。康熙帝兩立兩廢皇太子，既是皇帝與儲君矛盾，也是太子與皇子矛盾尖銳化的集中表現。

　　第三，過早立儲使得太子日益貪婪驕奢。胤礽一歲立爲皇太子，從此身居一人之下、萬人之上，事事、時時、處處與眾不同。身邊充滿了優越、榮耀、奉迎、吹捧，天長日久，目空一切、妄自尊大、驕奢暴戾。康熙帝在位時間又過長。皇太子與幼帝有所不同：皇太子有榮譽地位，而無重擔在身；有權力欲望，而無責任感，最容易驕奢不仁。後來雍正帝秘密建儲，既是爲了防止儲

君驕奢，也是為了避免皇子彼此廝殺。

　　第四，皇位繼承制度死結。清朝的皇位繼承，無論是漢族嫡長繼承制，還是滿洲貴族公推制，都沒有找到解決的辦法，也就是沒有跳出「父死子繼」、「兄終弟及」家天下的窠臼。只有推翻帝制，實行共和，歷史才會進入一個新的階段。

　　清代立儲制，為康熙帝所創，雖思之久遠，卻事與願違。這不是康熙帝無能，而是皇位繼承制結下的苦果。後來雍正帝的「秘密建儲制」、慈禧太后的「懿旨立儲制」，都不能解開皇位繼承制度的死結。6歲的同治、4歲的光緒、3歲的宣統繼承皇位，說明大清皇朝已經走進「家天下」的死胡同。以民主共和制取代封建君主制，才是歷史之趨勢、世界之潮流、時代之必然、民眾之所望。

相關推薦書目

⑴〔法〕白晉，《康熙皇帝》（黑龍江人民出版社，1981）。

⑵ 孟昭信，《康熙皇帝大傳》（吉林文史出版社，1987）。

⑶ 楊珍，《康熙皇帝一家》（學苑出版社，1994）。

⑷ 白新良主編，《康熙皇帝全傳》（學苑出版社，1994）。

⑸ 陳捷先，《康熙寫真》（遠流出版公司，2000）。

⑹ 閻崇年，《清朝皇帝列傳》（紫禁城出版社，2007）。

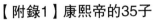

【附錄1】康熙帝的35子

順序	名　　字	生年	生　　母	卒年	壽年
1	承瑞	1667	榮妃馬佳氏	1670	4
2	承祜	1669	皇后赫舍里氏	1672	4
3	承慶	1670	惠妃納喇氏	1671	2
4	賽音察渾	1671	榮妃馬佳氏	1674	4
5	皇長子胤禔	1672	慧妃納喇氏	1734	63
6	長華	1674	榮妃馬佳氏	1674	1
7	皇次子胤礽	1674	皇后赫舍里氏	1724	51
8	長生	1675	榮妃馬佳氏	1677	3
9	萬黼	1675	通嬪納喇氏	1679	5
10	皇三子胤祉	1677	榮妃馬佳氏	1732	56
11	皇四子胤禛	1678	皇后烏雅氏（時爲德嬪）	1735	58
12	胤禶	1679	通嬪納喇氏	1680	2
13	皇五子胤祺	1679	宜嬪郭囉羅氏	1732	54
14	皇六子胤祚	1680	皇后烏雅氏（時爲德嬪）	1685	6
15	皇七子胤祐	1680	成妃戴佳氏	1730	51
16	皇八子胤禩	1681	良妃衛氏	1726	46
17	皇九子胤禟	1683	宜嬪郭囉羅氏	1726	44
18	皇十子胤䄉	1683	僖貴妃鈕祜祿氏	1741	59
19	胤䄔	1683	貴人郭囉羅氏	1684	2
20	皇十一子胤禌	1685	宜妃郭囉羅氏	1696	12
21	皇十二子胤祹	1685	定妃萬琉哈氏	1763	79
22	皇十三子胤祥	1686	敬敏皇貴妃張雅氏	1730	45
23	皇十四子胤禵	1688	孝恭仁皇后烏雅氏	1755	68
24	胤禨	1691	平妃赫舍里氏	1691	1
25	皇十五子胤禑	1693	順懿密妃王氏	1731	39
26	皇十六子胤祿（出繼）	1695	順懿密妃王氏	1767	73
27	皇十七子胤禮	1697	純裕勤妃陳氏	1738	42
28	皇十八子胤祄	1701	順懿密妃王氏	1708	8
29	皇十九子胤禝	1702	襄嬪高氏	1704	3
30	皇二十子胤禕	1706	襄嬪高氏	1755	50
31	皇二十一子胤禧	1711	熙嬪陳氏	1758	48
32	皇二十二子胤祜	1711	謹嬪色赫圖氏	1743	33
33	皇二十三子胤祁	1713	靜嬪石氏	1785	73
34	皇二十四子胤祕	1716	穆嬪陳氏	1773	58
35	胤禐	1718	貴人陳氏	1718	1

【附錄2】康熙帝35子中排序的24子

順序	名　字	生年	生　　母	卒年	壽年
皇長子	胤禔	1672	慧妃納喇氏	1734	63
皇次子	胤礽	1674	皇后赫舍里氏	1724	51
皇三子	胤祉	1677	榮妃馬佳氏	1732	56
皇四子	胤禛	1678	皇后烏雅氏（時為德嬪）	1735	58
皇五子	胤祺	1679	宜嬪郭囉羅氏	1732	54
皇六子	胤祚	1680	皇后烏雅氏（時為德嬪）	1685	6
皇七子	胤祐	1680	成妃戴佳氏	1730	51
皇八子	胤禩	1681	良妃衛氏	1726	46
皇九子	胤禟	1683	宜妃郭囉羅氏	1726	44
皇十子	胤䄉	1683	僖貴妃鈕祜祿氏	1741	59
皇十一子	胤禌	1685	宜妃郭囉羅氏	1696	12
皇十二子	胤祹	1685	定妃萬琉哈氏	1763	79
皇十三子	胤祥	1686	敬敏皇貴妃張雅氏	1730	45
皇十四子	胤禵	1688	孝恭仁皇后烏雅氏	1755	68
皇十五子	胤禑	1693	順懿密妃王氏	1731	39
皇十六子	胤祿（出繼）	1695	順懿密妃王氏	1767	73
皇十七子	胤禮	1697	純裕勤妃陳氏	1738	42
皇十八子	胤祄	1701	順懿密妃王氏	1708	8
皇十九子	胤禝	1702	襄嬪高氏	1704	3
皇二十子	胤禕	1706	襄嬪高氏	1755	50
皇二十一子	胤禧	1711	熙嬪陳氏	1758	48
皇二十二子	胤祜	1711	謹嬪色赫圖氏	1743	33
皇二十三子	胤祁	1713	靜嬪石氏	1785	73
皇二十四子	胤祕	1716	穆嬪陳氏	1773	58

第六講
雍正奪位之謎

雍正帝朝服像

　　雍正帝愛新覺羅・胤禛，康熙十七年十月三十日（1678年12月13日）生，屬馬，45歲登極，在位13年，雍正十三年八月二十三日（1735年10月8日）死，廟號世宗，諡號憲皇帝，葬泰陵（今河北省易縣清西陵），享年58歲。

　　雍正帝上承康熙，下啓乾隆，具有承上啓下的歷史地位。雍正皇帝盛年登極，年富力強、學識廣博、閱歷豐富、剛毅果決，頗有作爲。所謂「康乾盛世」，完整的說法應當是「康雍乾盛世」。可以說，對於雍正朝的歷史貢獻，史家沒有大的爭議；而對於雍正帝取得皇位的「合法性」，則自他登極以來直到今天都有不同的認識，具體言之，主要有「奪嫡說」、「篡位說」、「繼位說」、「奪位說」等幾種看法。

　　康熙皇帝晚年最爲頭疼的就是皇位繼承問題，他的眾多皇子爲此結黨，彼此爭奪，勢同水火。爲什麼在當時不那麼引人注目的雍親王胤禛成爲最後的贏家？在長達45年的皇子生涯中，胤禛是怎樣一步一步地攀援，最後登上皇帝的寶座？要回答這些問題，先要從了解雍正帝這個人開始。

一、雍正其人

　　康熙皇帝是一位長壽多子的皇帝。他一共有55個子女，其中35個兒子、20個女兒。在35個兒子中，成年且受冊封者20人；在20個女兒中，長大成人並下嫁者8人。雍正皇帝胤禛是康熙皇帝的第四子。

　　胤禛的母親烏雅氏，是滿洲正黃旗、護軍參領威武的女兒。烏雅氏生了3個兒子，就是皇四子胤禛、皇六子胤祚（6歲殤）和皇十四子胤禵（原名胤禎）；另外還生了3個女兒。胤禛從小受孝懿仁皇后（康熙生母孝章皇后的侄女）養育，年幼的胤禛因她而尊

貴。

　　胤禎過了整整45年的皇子生活，下面就從不同的角度對他這些年的生活加以介紹：

　　第一，好學上進。胤禎像他的兄弟一樣，受到全面而系統、嚴格而良好的教育。他的長兄胤禔，生於康熙十一年（1672），比他年長6歲；二兄胤礽，生於康熙十三年（1674），比他年長4歲，2歲便被立為皇太子；三兄胤祉，生於康熙十六年（1677），比他年長1歲。胤禎從7歲開始，同他的3位兄長到上書房（又作尚書房）讀書。他有時在宮城的上書房讀書，有時在

雍正帝生母孝恭仁皇后像

暢春園的無逸齋讀書。他的師傅主要有大學士張英、徐元夢和侍講顧八代等人。他們都是當朝一流的學者。他學的功課，一種是儒家經典，主要為「四書」——《大學》、《中庸》、《論語》、《孟子》，「五經」——《詩》、《書》、《禮》、《易》、《春秋》；一種是滿洲的「國語騎射」，就是滿洲語文與騎馬射箭；另一種是蒙古語文；還有作詩、書法等。胤禎的書法，造詣很高，筆力蒼勁，有一些作品流傳至今，可作明證。

　　讀書是學習，實踐也是學習。他經常隨從皇父，或舉行祭祀，或軍事出征，或塞外行圍，或巡視地方，或代理政務，或關心旗務。康熙二十五年（1686），9歲的胤禎同大阿哥胤禔、二

阿哥皇太子胤礽、三阿哥胤祉，隨皇父巡行塞外。康熙二十七年（1688），11歲的胤禛同大阿哥、三阿哥隨皇父到遵化昌瑞山孝陵旁，為清太宗孝莊文皇后梓宮「暫安奉殿」祭祀。二十九年（1690），舅舅佟國綱在反擊噶爾丹南犯的烏蘭布通之役中陣亡，靈柩到京，受皇父之命，胤禛同大阿哥迎接靈柩。同年再隨皇父同三位阿哥到遵化孝莊太皇太后「暫安奉殿」祭祀。三十二年（1693），16歲的胤禛同皇太子等侍從皇父巡視畿甸水利。經南苑、永清、霸州、雄縣，從雄縣十里堡乘船到苑家口，途中登河堤、閱堤工，見舊堤多處坍塌。康熙帝說：如渾河泛溢，大城、文安等必受水災；命估算所需費用，增固河堤，以防水患。同年十月，曲阜孔廟重修落成，胤禛受皇父之命，同三阿哥胤祉前往祭祀。

第二，結婚封王。胤禛皇子生活中有兩件大事：結婚與受封。康熙三十年（1691），14歲的胤禛奉父命同內大臣費揚古（隸滿洲正黃旗）的女兒烏拉那拉氏成婚。康熙帝冊封那拉氏為胤禛的嫡福晉。父以女貴，費揚古後官至步軍統領，正一品，死後追封為一等承恩公。

康熙三十七年（1698），21歲的胤禛受封為貝勒，大阿哥胤禔（27歲）、三阿哥胤祉（22歲）被封為郡王，他的五弟胤祺（20歲）、七弟胤祐（19歲）、八弟胤禩（18歲）也被封為貝勒。按清朝的規定，皇子封爵由高到低依次為親王、郡王、貝勒、貝子等。次年，康熙帝為諸皇子建府邸。「禛貝勒府」（又稱四貝勒府）建成後，胤禛從皇宮阿哥住所遷往府邸居住。康熙四十八年（1709），32歲的胤禛被封為雍親王，這裡就成為雍親王府。胤禛繼承皇位後，原雍親王府賜給皇十三弟胤（允）祥。後來乾隆帝將其改為雍和宮，就是今北京雍和宮。

第三，誠孝皇父。康熙四十七年（1708），皇太子胤礽被

廢。這是一件震動朝野的政治大事，也是一件震驚廟社的宗室大事。胤禛時年31歲，此後15年間，歷史對他進行烈火般的考驗，也為他登上皇位提供了難得的機遇。

胤禛知道，博得皇父的信賴和喜歡，是自己一生事業中最為重要的事情。他抱定一項宗旨，就是誠孝皇父。胤禛自己曾說：「四十餘年以來，朕養志承歡，至誠至敬，屢蒙皇考恩諭。諸昆弟中，獨謂朕誠孝。」如在諸皇子爭奪皇位激烈之時，他既不明著參加競爭，且勸慰皇父寬心保重。康熙帝第一次廢皇太子後，大病一場。胤禛入內，奏請選擇太醫及皇子中稍知藥性者胤祉、胤祺、胤祐和自己檢視方藥，服侍皇父吃藥治療。康熙帝服藥後，病體逐漸痊癒。康熙帝最早對皇太子胤礽產生不滿，就是因為在生病時，年少的胤礽不懂得對皇父示孝。胤禛則學習皇父康熙帝對孝莊太皇太后之孝，對皇父始終是「誠」與「孝」，最終得到了回應。

第四，友愛兄弟。胤禛知道，處理好兄弟之間的關係，是僅次於誠孝皇父的重要事情。胤禛的34個兄弟中，其實最主要的是年滿20歲以上的11位兄弟。他在處理兄弟之間關係時，主要原則是「不結黨」、「不結怨」。在康熙帝第一次、第二次廢太子之後，有一定強

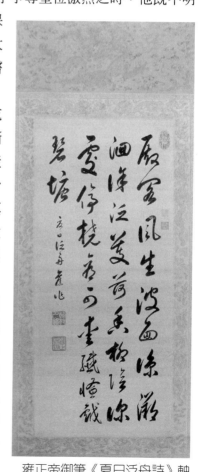

雍正帝御筆《夏日泛舟詩》軸

勢的皇子都結成不同的朋黨。諸兄弟之間，結黨必結怨。胤禛沒有參加皇太子黨，也沒有參加皇長子黨，更沒有參加皇八子黨。他超然於兄弟們的朋黨之外。或者說，他在兄弟角逐皇儲時，採取一種不附不和、不排不斥的中庸態度。這種態度，使他躲避開來自皇父與兄弟兩方面的矢鏃，而安然無恙。最後在眾兄弟或被廢黜、或囚禁、或疏離、或厭倦的情況下，胤禛登上寶座，成為大清第五任皇帝。

　　除了不結黨、不結怨之外，胤禛還友愛兄弟。他在隨駕出京途中，作《早起寄都中諸弟》詩說：「一雁孤鳴驚旅夢，千峰攢立動詩思。鳳城諸弟應相憶，好對黃花泛酒卮。」表明他願做群雁而不做孤雁的心意。再如皇太子第一次被廢，胤禛非但沒有落井下石，而且給予關照。胤礽初被幽禁在上駟院旁所設的氈帷裡，皇長子胤禔和皇四子胤禛看守。胤礽說皇父所斥「弒逆」一事，實為烏有，請代奏明。胤禔不答應。胤禛說：「你不奏，我就奏。」胤禔只好代奏。康熙帝聽了後說奏得對，命將胤礽身上的鎖鏈去掉。後來，康熙帝曾說：「前拘禁胤礽時，並無一人為之陳奏，惟四阿哥性量過人，深知大義，屢在朕前為胤礽保奏。」胤禛的幾位弟弟胤禑、胤祹、胤禨等封為貝子時，他啟奏說，願意降低自己的爵位，以提高弟弟們的世爵。胤禛這種乖巧的做法，既博得皇父的歡欣，也討得諸弟的好感。

　　第五，勤慎敬業。胤禛盡量避開皇儲爭奪的矛盾，極力表現自己不僅誠孝皇父、友愛兄弟，而且勤勉敬業。他結婚之後，多次受皇父之命，參與重大政治與祭祀活動。胤禛的足跡所至，遍及東西南北中——東向，至少5次到東陵祭祀，還到關外祭祀三陵——永陵、福陵和昭陵；西向，隨皇父西巡五臺山；南向，隨皇父兩次南巡；北向，康熙三十一年（1692）隨皇父巡視塞外，以後到康熙六十一年（1722），先後10餘次到塞外；京畿，5次隨皇父巡視京

畿，治理永定河，察看水利，並寫詩紀事：

> 帝念切生民，鑾輿冒暑行；
> 繞堤翻麥浪，隔柳度鶯聲；
> 萬姓資疏浚，群工受准程；
> 聖心期永定，河伯助功成。

此外，他還察勘倉儲糧穀。特別是在康熙三十五年（1696），他跟隨皇父遠征噶爾丹，領正紅旗大營，軍旅生活使他受到了鍛練。康熙六十年（1721）三月，胤禛受命同三阿哥胤祉率大學士王頊齡等磨勘（複核）會試中式的原卷。總之，自結婚後30年的實際磨練，使他對社會、對人生，對政治、對朝政有了深刻的認識與深切的體驗，爲其後來登上皇位準備了條件。

　　第六，戒急用忍。胤禛的性格，有兩個特點：一是喜怒不定，二是遇事急躁。關於他「喜怒不定」這一點，康熙皇帝曾經在給胤禛的諭旨中指出過。後來胤禛央求皇父說：今臣年逾三十，請將諭旨內「喜怒不定」四字，恩免記載。康熙帝因爲「十餘年來實未見四阿哥有『喜怒不定』之處」，因諭：「此語不必記載！」胤禛還有性格急躁的毛病。他曾對大臣說：「皇考每訓朕，諸事當戒急用忍。屢降旨，朕敬書於居室之所，觀瞻自警。」胤禛繼位後，命做「戒急用忍」吊牌，爲座右銘，用以警示。

　　第七，韜光養晦。他的心腹戴鐸，在康熙五十二年（1713）爲他出謀劃策道：

> 上有天縱之資，誠爲不世出之主；諸王當未定之日，
> 各有不並立之心。論者謂：處庸眾之父子易，處英
> 明之父子難；處孤寡之手足易，處眾多之手足難。何

也？處英明之父子也，不露其長，恐其見棄，過露其
長，恐其見疑，此其所以爲難。處眾多之手足也，此
有好竽，彼有好瑟，此有所爭，彼有所勝，此其所以
爲難。而不知孝以事之，誠以格之，和以結之，忍以
容之，而父子兄弟之間，不相得者。我主子天性仁
孝，皇上前毫無所疵，其諸王阿哥之中，俱當以大度
包容，使有才者不爲忌，無才者以爲靠。（《文獻叢
編》第三輯，〈戴鐸奏摺〉）

戴鐸首先分析了當時形勢：皇上強勢，諸王並爭。接著提出應對
謀略——誠孝事上、適露所長、掩蓋所短，避免引起皇父疑忌；
友愛兄弟、大度包容、和睦忍讓，讓有才者不嫉妒，無才者相依
靠。雍正帝基本上按照上述策略，既不結黨，也不鑽營，而是暗自
韜晦、八面玲瓏、等待時機。而諸兄弟中，實力雄厚的皇太子胤
礽、皇長子胤禔、皇八子胤禩、皇十四子胤禵一個接一個地嶄露頭
角，結果一個又一個地不幸落馬，而胤禛卻一步一步地繞過爭奪皇
位航程中的險灘暗礁，終於登上皇帝的寶座。

　　第八，善抓時機。康熙帝臨終時，胤禛緊緊地抓住歷史機
遇，堅決、果敢地登上皇帝寶座，成爲最後的贏家。但是，他的繼
位也留下了許多歷史疑問，280多年來成爲歷史學者和民間傳說說
不盡的話題。

二、繼位疑問

　　康熙六十一年（1722）十月二十一日康熙帝往南苑圍獵，十一
月初七日生病，前往暢春園居住、養病。初九日發出聖旨，說患了
感冒，不要緊，但需要靜養齋戒，所以初十日到十五日期間，不受

《皇朝禮器圖》之「天壇祭器‧蒼璧」

理奏章。冬至的祭天大禮，由皇四子胤禛代行。

　　十三日清晨，康熙帝病重，急忙召見皇三子胤祉、皇七子胤祐、皇八子胤禩、皇九子胤禟、皇十子胤䄉、皇十二子胤祹、皇十三子胤祥共七個皇子和步軍統領隆科多，宣布：「皇四子人品貴重，深肖朕躬，必能克成大統，著繼朕即皇帝位。」接著，康熙帝命從天壇齋所召回皇四子胤禛，改派鎮國公吳爾占祭天。這時，康熙帝其他的幾位皇子，長子胤禔被監守，次子即廢太子胤礽被禁錮，五子胤祺因為冬至將臨而被派往孝陵行祭禮，十四子胤禵正在西部領兵作戰，而幾位年幼的皇子十五子胤禍、十七胤禮、二十子胤禕當時跪在康熙帝寢宮外，還沒有聆聽皇父諭旨。

　　十一月十三日當天，雍親王胤禛從天壇趕到暢春園，短短一天裡，他被康熙帝召見了三次。但是他的皇父並沒有當面對他說讓他繼承皇位之事。

　　當晚戌時（19-21時），康熙帝駕崩。步軍統領隆科多向胤

禛傳達康熙帝的遺旨。也就是從這一刻起，胤禛雖然沒有繼承大位，但是擔負起新君的責任。

十三日夜間，胤禛指揮將康熙帝遺體運回紫禁城乾清宮。「相傳隆科多護皇四子回朝哭迎，身守闕下。諸王非傳令皆不得進。次日至庚子（十九日），九門皆未啓」（蕭奭，《永憲錄》卷一）。就是說雍親王胤禛和隆科多送康熙帝遺體回到乾清宮，並下令他的兄弟非有令不得進入皇宮。等他宣布繼承皇位七天後，才許皇兄弟到大行皇帝靈前哭奠。

十四日，宣布大行皇帝龍馭上賓；傳大行皇帝留下遺詔，命雍親王嗣位；命胤禩、胤祥、大學士馬齊和尚書隆科多爲總理事務大臣；召十四阿哥胤禵回京參加皇父葬禮；京城九門關閉，禁止出入。

十六日，頒布大行皇帝遺詔。

十九日，胤禛遣官告祭天壇、太廟、社稷壇，京城九門開禁。

二十日，雍正帝在太和殿舉行登極大典，改年號爲「雍正」。即位詔書中說：「皇考升遐之日，詔朕繼承大統。」

自第二次廢儲之後，從史料中可以看出：康熙帝對皇三子允祉、皇四子胤禛以及皇十四子允禵格外地關顧，也使日後史家們認爲這三位皇子應是康熙皇帝最後皇儲屬意的人選。但是以地位、名望來說，允祉因年長應高過諸弟，而允禵又是超過他的兩位長兄受到特殊榮寵。雍親王胤禛可以說在朝內外的威望和受康熙帝的重用方面都不如他的上述兩位兄弟。最後他卻入承大統，因而受到很多人的懷疑，生出許多種說法：

第一，「毒死康熙」說。雍正帝即位不久，在京中就傳出雍正篡位的傳聞。有人說：

雍正帝的泰陵

> 聖祖皇帝在暢春園病重，皇上就進一碗人參湯，不知
> 如何，聖祖皇帝就崩了駕。（《大義覺迷錄》）

不錯，康熙帝晚年，身體不佳，「諸病時發」、「頭暈目
眩」、「手抖頭搖」、腿腳腫脹，有時走路都需要人扶掖。在當時
能活到近70歲，已經算是高齡了。但是，康熙帝懂中醫中藥，還
會開藥方，又一向反對用人參進補。康熙帝說過：「北人於參不
合。」他是不會喝人參湯的。胤禛作為康熙帝的孝子，是應當知道
皇父的喜好的，他為了盡孝心，不會違背皇父的好惡，而自討沒
趣。所以，說胤禛用人參湯毒死康熙帝是不可信的。如果確有其
事，雍正帝也不會在為自己辯誣的《大義覺迷錄》中予以公開。

第二，「**不入東陵**」說。有人說雍正帝死後不葬在清東陵，
而葬在清西陵，說明他得位不正，不願意，也沒有臉面在地下見他
的祖父順治、父親康熙。這一點，可以看作一種民間的說法，但不
能作為雍正帝得位不正的歷史根據。

第三，「**傳位於四子**」說。雍正帝剛剛即位，就傳出「雍正
黨人」將康熙遺詔「傳位十四子」，篡改作「傳位于四子」的說
法：

> 聖祖皇帝原傳十四阿哥允禵天下，皇上將「十」字改

為「于」字。……先帝欲將大統傳與允禵，聖祖不豫
時，降旨召允禵來京，其旨為隆科多所隱，先帝殯天
之日，允禵不到，隆科多傳旨遂立當今。

上面是《大義覺迷錄》中的記載，文中「聖祖」是康熙帝的廟
號，「皇上」是指雍正帝。「允禵」是雍正帝的同母弟，隆科多則
是當時北京的步軍統領。

此屬傳聞，不為史實。因為如果康熙帝真有「傳位於四子」
的遺囑，按照當時行文習慣，應當寫作──「傳位於皇四子」。因
此，其一，「十」字很難改成「於」字；其二，有人從文獻中找出
「于」與「於」通用的例證，但正式官方文獻要用規範的漢字；其
三，「傳于四子」不合當時規範，因為官方文件都要尊稱皇帝的兒
子為皇某子，胤禛稱為皇四子、允禵稱為皇十四子等；其四，況且
當時如此重要的遺囑，應同時以滿、漢兩種文字書寫，漢字可以修
改，滿文又豈能改「十」為「于」？所以此說不確，是屬無稽之
談。

皇十四子胤禵的確是康熙帝晚年被列入接班人候選名單，但
是，目前還沒有發現康熙帝確定要傳位於皇十四子胤禵的文獻或檔
案的證據。康熙帝病重時，他緊急召回的是胤禛，而沒有召回皇
十四子胤禵和在東陵的皇五子胤祺。這從一個側面說明康熙帝沒有
要傳位給胤禵的旨意。如果康熙帝真有意要他繼位，為什麼讓他遠
離京城、遠離皇帝身邊呢？尤其是康熙帝當時已年老多病，而且時
常怕被人殺害。誠如雍正帝所說：「豈有將欲傳大位之人，令其在
邊遠數千里外之理？」

第四，「兄弟不服」說。《大義覺迷錄》與《清聖祖實錄》
都是御用官員們編寫的，傳位問題的可信度很有懸疑。而當時人所
寫的《皇清通志綱要》與《永憲錄》二書中，都沒有七位皇子聆聽

康熙帝遺旨的記載，這說明當時根本就沒有發生這件事。另外，雍正帝說皇八弟允禩在康熙帝死後，在暢春園中「並不哀戚，乃於院外倚柱，獨立凝思，辦派事務，全然不理，亦不回答，其怨憤可知」。而皇九弟允禟在雍正喪父悲痛之時，他「突至朕前，箕踞對坐，傲慢無禮，其意大不可測，若非朕鎮定隱忍，必至激成事端」。學者們認為這兩位兄弟的表情與行為，正是說明他們在毫無心理準備下，突然聽到隆科多的「口授末命」，而才有如此憤恨心態與冒失行動的。

第五，「編造遺詔」說。雍親王皇四子胤禛繼位的主要依據是〈康熙遺詔〉。這份〈康熙遺詔〉有的學者認為是真的，因為《清聖祖實錄》和檔案都可以證明它的存在；有的學者認為是偽的，因為「實錄」和「檔案」都是雍正帝掌權後命大臣們根據自己意旨編寫的。這份詔書是真、是偽？我認為是半真半偽，為什麼？〈康熙遺詔〉的文字，可以分為前後兩個部分，其前一部分是將康熙五十六年（1717）十一月二十一日的諭旨加以修改，移植到傳位詔書裡。當時，康熙遺詔的〈上諭〉凡2211字，最後康熙帝說：「此諭已備十年，若有遺詔，無非此言。披肝露膽，罄盡五內，朕言不再。」（《清聖祖實錄》卷二七五）說真，是〈遺詔〉大段文字是康熙五十六年（1717）宣布的；說偽，是〈康熙遺詔〉中最關鍵的一句話：「皇四子胤禛，人品貴重，深肖朕躬，必能克承大統，著繼朕登基，即皇帝位。」無法證明這是真的。一些學者認為：雍正帝命人對康熙帝遺命加以文字修改，將上述文字加到〈康熙遺詔〉中。

第六，「玉牒易名」說。雍正帝名字叫胤禛（ㄓㄣ），他的皇十四弟叫胤禎（ㄓㄣˇ）。「禎」字有兩種讀音：一讀ㄓㄣ，一讀ㄓㄣˇ。胤禛做了皇帝之後，他的名字要避諱，字音要避諱，字形也要避諱。所以，雍正帝命他的兄弟將名字中的「胤」字，

改為「允」字，以示避諱；同時，命皇十四弟胤禎改名允禵。後將記載皇室譜系《玉牒》中胤禎的名字做了挖改。因此有人說：康熙帝遺囑是傳位皇十四子「胤禎」，因「胤禎」與皇四子「胤禛」字形、字音相近，胤禛遂取而代之。這就是「玉牒易名」說。「禎」與「禛」在竄改上很容易，這就是「玉牒易名」說的由來。根據史料記載，皇十四子確實原名「胤禎」，現在見到的冊封皇十四子為撫遠大將軍的敕書，以及封皇十四子為貝子的原始文件，都寫著「胤禎」；康熙《諭宗人府》的檔案中，寫著皇四子的名字為「胤禛」，所以他們兄弟確實是以「禎」與「禛」命名的。康熙帝後來排序皇子的名字，都帶「示」部。雍正做了皇帝以後，將皇十四弟的「禎」改成「禵」，以顯示唯我獨尊，不能證明雍正帝因篡位而令其改名。

　　第七，「臨終口諭」說。康熙六十一年十一月十三日（1722年12月20日），康熙帝病重。《清聖祖仁皇帝實錄》記載：

> 寅刻，召皇三子誠親王允祉、皇七子淳郡王允祐、皇八子貝勒允禩、皇九子貝子允禟、皇十子敦郡王允䄉、皇十二子貝子允祹、皇十三子允祥、理藩院尚書隆科多至御榻前，諭曰：「皇四子胤禛，人品貴重，深肖朕躬，必能克承大統。著繼朕登基，即皇帝位。」皇四子胤禛聞召馳至。巳刻，趨進寢宮。上告以病勢日臻之故。是日，皇四子胤禛三次進見問安。戌刻，上崩於寢宮。（《清聖祖仁皇帝實錄》卷三○○）

　　上述記載，有人認為是事後偽造的：
　　既然將繼位大事告訴七位兄弟和隆科多，為什麼不告訴當事人胤禛？況且，當時人寫的《皇清通志綱要》中，沒有記述七位皇子

在病榻前聽到康熙帝遺命的事，反而在記載康熙死亡事前，寫些「時領侍內大臣六人」某某某，「大學士五人」某某某，其中都沒有隆科多的名字！可見這段記載是僞造的，所以認爲雍正帝是篡位。

第八，「口授末命」說。很多人懷疑隆科多「口授末命」之事。胤禛在康熙帝病危當天，曾三次到暢春園清溪書屋病榻前，康熙帝說：「朕病勢日臻。」可見還沒有糊塗。但爲什麼康熙帝沒有把指定他爲繼承人的事直接當面告訴他？「口授末命」的人爲什麼是隆科多一位大臣？其他大臣爲什麼沒有在場？而隆科多後來又說出「白帝城受命之日，即死期將至之時」的話？有學者認爲：這足可以證明他確是「口授末命」的人。還有學者指出：「隆科多當時不是大學士，也不是領侍衛內大臣，官階只是九門提督、護軍統領，以他的地位而言，他不夠資格成爲皇帝臨終時的唯一受命者。」康熙皇帝怎麼會在病重時不召集大臣王公們一起來聽他的「口授末命」呢？竟然只把傳位事悄悄地告訴隆科多一人呢？而且《皇清通志綱要》和《永憲錄》都不見記載。

第九，「死無對證」說。有七位皇子在暢春園皇帝病榻前聽到傳位口詔以及隆科多「口授末命」的事，是雍正帝登極以後第七年才由雍正帝下令寫在《大義覺迷錄》裡。當時跟雍正帝爭鬥的重要敵對人物幾乎都已死亡，此時，雍正帝編造出康熙帝口授〈傳位遺詔〉的事，已是死無對證了。爲什麼雍正帝不在即位時就公告天下呢？

第十，「殺人滅口」說。雍正帝的同父同母兄弟允禵回京奔喪，對雍正帝的態度相當不尋常，而雍正帝最後將他監禁，是不是「先帝欲將大統傳與允禵」的旁證？雍正帝其他敵對兄弟幾乎沒有一個得到善終的，這算不算是早年繼位之爭的「秋後算帳」？這些問題在以前都認爲是雍正奪嫡或篡位的證據。尤其是對雍正繼位在

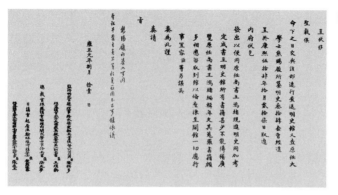

隆科多奏摺

內外有擁立大功的隆科多與年羹堯的命運，頗為耐人尋味。

　　隆科多，滿洲鑲黃旗人，是皇親國戚中的特殊人物。他是康熙帝舅父佟國維的兒子，是康熙皇后佟佳氏的弟弟。康熙帝晚年任理藩院尚書、步軍統領。康熙帝死時，唯有隆科多一人傳遺詔由雍親王繼位。康熙帝報喪，隆科多提督九門、衛戌京師。雍正帝繼位，隆科多說：「白帝城受命之日，即死期將至之時。」隆科多雖受賜襲一等公、吏部尚書、加太保等，仍被定41款大罪，命在暢春園外建屋三間，永遠禁錮。雍正六年（1728）六月，隆科多死於禁所。隆科多最初是皇長子允禔的支持者，後又投靠皇八子允禩，他同雍親王的關係並不密切。康熙帝死亡前夕，他權衡輕重，決定協助皇四子胤禛得位，可以獲得最多好處，結果也沒有得到好下場。

　　年羹堯，漢軍鑲白旗（《清史稿》作鑲黃旗）人，父遐齡官至湖廣總督，遐齡女事胤禛潛邸，後為雍正帝皇貴妃。康熙三十九年（1700）進士，入翰林院。侍讀學士，任四川巡撫、定西將軍，在青藏有軍功。雍正帝繼位，委以重任，召撫遠大將軍胤禵還京師，命羹堯管理大將軍印務。雍正三年（1725）二月，以年羹堯〈賀疏〉中有「夕惕朝乾」（應作「朝乾夕惕」）等因，命罷其

將軍，盡削其官職。同年，定年羹堯92款大罪，令其獄中自裁，斬其子年富，餘子年15歲以上皆戍極邊。

隆科多以元舅之親，受顧命之重；年羹堯以貴妃之兄，獲多戰之功。他們二人的命運或者與他們「知進不知退，知顯不知隱」的恃寵而驕有關，但是不是雍正皇帝的「殺人滅口」呢？是不是「狡兔死，走狗烹；飛鳥盡，良弓藏」這條鐵則的再次重複呢？

總之，雍正帝繼位是一椿疑案，這個歷史的謎團至今也沒有完全解開。現代的學者對此主要有四種意見，下面一一加以分析：

第一，「**雍正奪嫡**」說。清朝的皇位繼承，沒有實行嫡長制。在清太祖、太宗時，皇位繼承人採用滿洲貴族會議公推制。清世祖福臨首

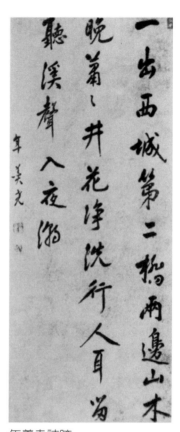

年羹堯詩跡

用遺命制，即在臨終前指定皇三子玄燁為皇位繼承人，就是康熙皇帝。康熙帝的皇位繼承，先是指定嫡長子胤礽為皇太子，繼而廢，廢而立，又再廢，所以康熙帝生前沒有立嫡。既然清朝沒有實行「嫡長制」，康熙帝生前也沒有公開立嫡，那麼，雍正帝何嫡之可奪？所以不能說雍正帝繼位是「奪嫡」。

第二，「**雍正篡位**」說。雍正帝既不是「奪嫡」，那麼是不是篡位呢？到現在為止，沒有文獻或檔案資料證明——康熙帝臨終前公開、正式冊立儲君。比如說，燕王朱棣發動「靖難之役」，篡

了他侄子建文帝的位；唐太宗策動「玄武門之變」，奪了他兄長的位。那麼，雍親王篡位「篡」的是誰的位？說不清楚。所以，我認為「雍正篡位說」不能成立。

　　第三，「**合法繼位**」說。主要根據是文獻《清聖祖仁皇帝實錄》和檔案〈康熙遺詔〉。

　　第四，「**雍正奪位**」說。雍正帝既不是奪嫡，也不是篡位，又不是合法繼位，許多議論集中到「雍正奪位」的問題上。這裡，牽扯到〈康熙遺詔〉。雍正帝即位時宣布的〈康熙遺詔〉，不是康熙本人書寫的，而且在康熙帝逝世三天後才宣布，因此有人認為雍正帝編造遺詔。《清聖祖仁皇帝實錄》記載康熙帝臨死前留下遺詔，今中國第一歷史檔案館和臺北故宮博物院各存有〈康熙遺詔〉檔案。因此，引出〈康熙遺詔〉真偽的爭論。一種看法認為，因為〈遺詔〉是雍正帝編纂的，所以不能作為雍正帝合法繼位的可靠依據，雍正帝是篡位。另一種看法認為，雖然〈遺詔〉是雍正帝編纂的，但有依據：第一部分內容，《聖祖實錄》有記載；第二部分內容中最關鍵的，是依據康熙帝的臨終遺命。當時親耳聽到這番遺命的除了隆科多之外，還有康熙帝的七位皇子，他們在當時並沒有對此提出異議。所以，儘管這份遺詔是雍正帝編纂的，但是內容體現了康熙帝的遺願，所以只能說雍正帝是奪位，而不是篡位。

三、欲蓋彌彰

　　雍正帝的皇位，是正取還是逆取？從胤禛登極至今280餘年以來，既是學術界激烈爭議的問題，也是演藝界火爆炒作的題目。歷史是勝利者的紀錄，正史不會，也不可能對雍正帝逆取皇位作出記載。康熙帝生前未立皇位繼承的遺詔，也不會留下一鱗半爪暗示皇

位繼承的文獻。但是，自康熙帝賓天，雍正帝繼統起，便有皇位出自篡奪的傳聞異說。

雍正帝為此親撰上諭駁斥，編纂《大義覺迷錄》一書，就「謀父」、「逼母」、「弒兄」、「屠弟」、「貪財」、「好殺」、「酗酒」、「淫色」、「好諛」、「任佞」等十項大罪，進行自辯，頒行天下。然而，事與願違，弄巧成拙，欲蓋彌彰，愈描愈黑，留下生動而曲折的歷史故事。

雍正帝繼承皇位之日，就面臨著兄弟們的不滿和挑戰。當時有條件同胤禛競爭儲位年滿20歲的兄弟共有13人：即雍正帝的大哥允禔、二哥允礽、三哥允祉、五弟允祺、七弟允祐、八弟允禩、九弟允禟、十弟允䄉、十二弟允裪、十三弟允祥、十四弟允禵、十五弟允禑和十七弟允禮。此外，六弟允祚、十一弟允禌已死，十六弟允祿出繼。雍正帝對這些兄弟常懷有一種恐懼和仇恨，他不惜以非常的手段來堵住他們的嘴。

大阿哥允禔：在太子廢立中得罪皇父，被奪爵，幽於第。康熙帝派貝勒延壽等輪番監守，並嚴諭：疏忽者，當族誅。允禔已成為一隻不再見天日的死老虎。雍正十二年（1734）死，以貝子禮殯葬。

廢太子允礽：被禁錮在咸安宮，但雍正帝仍不放心。他一方面封其為理郡王；另一方面又命在山西祁縣鄭家莊蓋房駐兵，將允礽移居幽禁。雍正二年（1724），允礽死去。

三阿哥允祉：本不太熱心皇儲，一門心思編書，但也受到牽連。雍正帝即位後，以「允祉與太子素親睦」，命「允祉守護景陵」，發配到遵化為康熙帝守陵。允祉心裡不高興，免不了私下發些牢騷。雍正帝知道後，乾脆將允祉奪爵，幽禁於景山永安亭。雍正十年（1732）死，以郡王禮殯葬。

五弟允祺：康熙帝親征噶爾丹時，曾領正黃旗大營，後被封

允禩奏摺

為恆親王，其子恆升為世子。允祺沒有結黨，也沒有爭儲，只想做個平安皇子。但是，雍正帝即位後，藉故削恆升世子爵。雍正十年（1732），允祺死亡。

七弟允祐：雍正八年（1730年）死。

八弟允禩：是雍正帝兄弟中最為優秀、最有才能的一位。但是，「皇太子之廢也，允禩謀繼立，世宗深憾之」。允禩為謀繼位，同大阿哥允禔、九阿哥允禟、十阿哥允䄉、十四阿哥允禵等結黨。所以，雍正帝繼位後，視允禩及其黨羽為眼中釘、肉中刺。允禩心裡也明白，常怏怏不樂。雍正帝繼位，要了個兩面派手法：先封允禩為親王——其福晉對來祝賀者說：「何賀為？慮不免首領耳！」這話傳到雍正帝那裡，後命將福晉趕回娘家。不久，藉故命允禩在太廟前跪一晝夜。後命削允禩王爵，圈禁於高牆，改其名為「阿其那」。「阿其那」一詞，學者解釋有所不同，過去多認為是「豬」的意思，近來有學者解釋為「不要臉」。允禩被幽禁，受盡折磨，終被害死。後來乾隆帝給他的這位叔父平反：「未有顯然悖逆之跡。」恢復原名，收入《玉牒》。

九弟允禟：因同允禩結黨，也為雍正帝所不容。允禟心裡

明白，私下表示：「我行將出家離世！」雍正帝哪能容許允䄉出家！他藉故命將允䄉革去黃帶子、削宗籍、逮捕囚禁。改允䄉名為「塞思黑」。「塞思黑」一詞，過去多認為是「狗」的意思，近來有學者亦解釋為「不要臉」。不久給允䄉定28條罪狀，送往保定，加以械鎖，命直隸總督李紱幽禁。允䄉在保定獄所備受折磨，以「腹疾卒於幽所」，傳說是被毒死的。後乾隆帝給其九叔允䄉「復原名，還宗籍」。

十弟允䄉：因黨附允禩，為雍正帝所恨。雍正元年（1723），哲布尊丹巴胡圖克圖來京病故，送靈龕還喀爾喀（今蒙古共和國），命允䄉齎印冊賜奠。允䄉稱有病不能前行，命居住在張家口。同年藉故將其奪爵，逮回京師拘禁。直到乾隆二年（1737）才開釋，後死。

十二弟允祹：康熙末年任鑲黃旗滿洲都統，很受重用，也很有權，但沒有結黨謀位。雍正帝剛即位，封允祹為履郡王。不久，藉故將其降為「在固山貝子上行走」，就是從郡王降為比貝勒爵位還低的貝子，且不給實爵，僅享受貝子待遇。不久，又將其降為鎮國公。乾隆即位後被進封為履親王。

果親王允禮像

這位允䄉較其他兄弟氣量大，一直活到乾隆二十八年（1763），享年79歲。

十四弟允禵：雖與雍正帝一母同胞，但因他黨同允禩，又傳聞康熙帝臨終前命傳位「允禎」而雍親王黨竄改為「允禛」，所以二人成了不共戴天的冤家兄弟。雍正帝即位，先是不許撫遠大將軍進城弔喪，又命其在遵化看守皇父的景陵，再將其父子禁錮於景山壽皇殿左右。乾隆帝繼位後，將其十四叔開釋。

十五弟允禑：康熙帝死後，雍正帝命其守景陵。

此外，尚有兩人受到雍正帝的優待——就是其十三弟允祥和十七弟允禮。允祥，曾被康熙帝幽禁，原因不詳。雍正帝繼位，即封允祥為怡親王，格外信用。允禮，雍正帝繼位封為果郡王，再晉為親王，先掌管理藩院事，繼任宗人府宗令、管戶部。允祥和允禮顯然早加入「胤禛黨」，只是康熙帝在世時，十分隱秘，未曾暴露。

應當說，雍正帝兄弟之間、君臣之間，彼此猜忌，相互殘殺，既是家族鬥爭，也說明雍正帝的繼位是一次激烈的宮廷鬥爭。

相關推薦書目

(1) 孟森，《清世宗入承大統考實》，《明清史論著集刊》（中華書局，2006）。

(2) 馮爾康，《雍正傳》（人民出版社，1985）。

(3) 李國榮、張書才，《實說雍正》（紫禁城出版社，1999）。

(4)〔日〕楊啟樵，《揭開雍正皇帝隱秘的面紗》（香港商務印書館，2000）。

(5) 陳捷先，《雍正寫真》（遠流出版公司，2001）。

(6) 閻崇年，《正說清朝十二帝》（增訂圖文本）（中華書局，2006）。

第七講
乾隆出生何地

乾隆帝朝服像

　　乾隆帝，名弘曆，屬兔，25歲登極，在位60年，又當太上皇3年零3天，享年89歲。廟號高宗，諡號純皇帝。乾隆帝的祖父康熙帝在位61年而實際執政53年，乾隆帝在位60年而實際執政63年。中國歷史從秦嬴政稱始皇帝到宣統皇帝退位，共2132年，凡349帝，其中年滿80歲的有六位：南朝梁武帝蕭衍86歲（被餓死）、唐武則天82歲、五代十國吳越武肅王錢鏐81歲、宋高宗趙構81歲、元世祖忽必烈80歲、清高宗（乾隆）弘曆89歲；而大一統皇朝年滿70歲的皇帝只有四位：漢武帝劉徹71歲、唐高祖李淵70歲、唐玄宗李隆基78歲、明太祖朱元璋71歲。可見，乾隆皇帝是中國歷史上「實際執政時間最長、年壽最高」的皇帝。

　　但是，像乾隆帝這樣一位論福論壽都到極點的皇帝，他的出生地竟然出現了不同的說法，成為一樁歷史疑案。

　　在清朝十二位皇帝中，出生地點不明的只有兩位皇帝，就是清太祖努爾哈赤和清高宗弘曆。努爾哈赤出生時還沒有創製滿文，他當時又不是什麼顯赫人物，所以他的出生地沒有留下明確的記載，是可以理解的。但是，乾隆帝不一樣，他出生時父親雖然還沒有當上皇帝，但已經貴為雍親王，他的出生地怎麼會出現疑案呢？

　　關於乾隆帝的出生，皇家的《玉牒》雖記載出生時間、生身母親，卻不記載出生地點。乾隆帝本人認為自己出生在雍和宮，乾隆朝有人提出乾隆帝出生在避暑山莊，嘉慶帝對避暑山莊說先承認後否認，道光帝再否認，弄得乾隆、嘉慶、道光三朝，朝廷上下、京城內外、官方文獻、御製詩文、野史筆記，民間傳說，極為熱鬧，非常有趣。特別是到了清末民初，反滿情緒，推波助瀾，戲劇小說，沸沸揚揚，又敷衍出別的說法。概括來說，關於乾隆的出生地有三種說法：一說是出生在陳相國宅，二說是出生在雍和宮，三說是出生在避暑山莊。

　　有關乾隆帝出生在陳相國宅的說法，主要是民國六年（1917）蔡東帆（藩）《清史通俗演義》，該書第三十回說：「相傳鈕祜祿氏，起初爲雍親王妃，實生女孩，與海寧陳閣老的兒子，是同年同月同日生的。鈕祜祿氏恐生了女孩，不能得雍親王歡心，佯言生男，賄囑家人，將陳氏男孩兒抱入邸中，把自己生的女孩子換了出去。陳氏不敢違拗，又不敢聲張，只得將錯便錯，就算罷休。」《清朝野史大觀》也有「高宗與海寧陳家」的題目，《清宮十三朝》第四十二回說：「你道寶親王是何人？便是鈕祜祿氏皇后從陳閣老家裡換來的孩子，便是後來的乾隆皇帝。」這個懸疑，後面我講乾隆帝生母時要專門講。現在講後兩種說法。

一、雍和宮說

　　乾隆帝是雍正帝的第四個兒子，康熙五十年（1711）八月十三日出生。乾隆帝出生在什麼地方？他母親最清楚，可惜他母親沒有留下文字記載，已經死無對證。雍正皇帝也從來沒有說過。倒是乾隆帝自己說出他的出生地點。乾隆帝自己認爲：他生在雍和宮。

　　康熙三十七年（1698），乾隆帝的父親胤禛被冊封爲「多羅貝勒」，第二年分府居住，搬出皇宮。新府在內城東北隅的一處院落，這裡原是「明內宮監官房」，清初劃給內務府作官用房舍，賜給胤禛後，這裡俗稱爲「禛貝勒府」或「四爺府」。康熙四十八年（1709）胤禛被晉封爲雍親王，他的住所就被稱爲「雍親王府」。兩年以後，康熙五十年（1711）八月十三日，弘曆（後來的乾隆帝）出生。雍親王胤禛繼位後，原來的雍親王府賜名爲「雍和宮」。乾隆帝登極後，把雍和宮改成喇嘛廟。直到今天，雍和宮仍是著名的藏傳佛教廟宇。乾隆帝在步入老年以後，曾經多次以詩或以詩注的形式，表明自己是出生在雍和宮。下面我講七個例子：

雍和宮法輪殿

其一，乾隆四十三年（1778）新春，乾隆帝作〈新正詣雍和宮禮佛即景志感〉詩，有「到斯每憶我生初」的詩句。這說明乾隆帝本人認定自己出生在雍和宮。這一年，乾隆帝68歲，他母親上年正月以86歲高齡病逝。

其二，乾隆四十四年（1779）新春，乾隆帝又一次在〈新正雍和宮瞻禮〉詩中說：「齋閣東廂胥熟路，憶親唯念我初生。」在這裡，乾隆帝不僅認定自己誕生在雍和宮，而且還指出了具體的出生地點，就在雍和宮的東廂房。這一年，乾隆帝69歲。乾隆帝說自己出生在雍和宮東廂，應當算是比較可信的。

其三，乾隆四十五年（1780）的新春，乾隆帝再一次到雍和宮禮佛時說：

雍和宮是躍龍地，大報恩宜轉法輪。
例以新正虔禮佛，因每初地倍思親。
禪枝忍草青含玉，象閣蜂壇積白雲。
十二幼齡才離此，訝今瞥眼七旬人。

這一年，乾隆帝70歲，他在這首詩的下注云：「康熙六十一年始蒙皇祖養育宮中，雍正年間遂永居宮內。」

其四，乾隆帝每年正月初七日，都要來到雍和宮禮拜。這一日過去稱作「人日」。據晉朝人董勳〈答問禮俗說〉記載：「正月一日為雞，二日為狗，三日為豬，四日為羊，五日為牛，六日為馬，七日為人。」乾隆四十七年（1782）正月初七日，乾隆帝作〈人日雍和宮瞻禮〉詩云：

> 從來人日是靈辰，潛邸雍和禮法輪。
> 鼉鼓螺笙宣妙梵，人心物色啓韶春。
> 今來昔去宛成歲，地厚天高那報親？
> 設以古稀有二論，斯之吾亦始成人。

上詩中「古稀有二」說明他已經72歲了。他在詩的末句注云：「余實於康熙辛卯生於是宮也。」辛卯年就是康熙五十年（1711）。

其五，乾隆五十年（1785）正月初七，即所謂「人日」那天，乾隆帝又來到雍和宮瞻禮時，賦詩曰：

> 首歲躍龍邸，年年禮必行。
> 故宮開誼蕩，淨域本光明。
> 書室聊成憩，經編無暇橫。
> 來瞻值人日，吾亦念初生。

乾隆帝的意思是，在正月初七日這一天，到雍和宮瞻禮，總是念念不忘當初就是出生在這裡。這一年，乾隆帝已是75歲的老人了。

其六，乾隆五十四年（1789）正月初七日，乾隆帝79歲時又作

〈新正雍和宮瞻
禮〉詩云：「豈
期蒞政忽焉老，
尚憶生初於是
孩。」其下自注
云：「予以康熙
辛卯生於是宮，
至十二歲始蒙皇
祖養育宮中。」
明確重申誕生於
雍和宮。

　　其七，乾隆
六十年（1795），
乾隆帝85歲高
齡，作〈御瞻禮
示諸皇子〉詩又
云：

雍和宮萬佛閣

　　　躍龍池自我生初，
　　　七歲從師始讀書。
　　　廿五登基考承命，
　　　六旬歸政祖欽予。
　　　月長日引勗無逸，
　　　物阜民安愧有餘。
　　　深信天恩錫符望，
　　　永言題壁示聽諸。

從以上七個例子來看，乾隆帝一貫地認為自己就出生在雍和宮。但是，他還在位的時候，就有人對其出生地發出不同的議論，認為他出生在承德避暑山莊。乾隆帝晚年對自己出生地的流言蜚語可能有所耳聞，他的詩作就是強調自己確實生在雍和宮。特別是他在詩注中用了一個「實」字，似乎在故意強調，真有點「此地無銀三百兩」的意味呢！

二、避暑山莊說

那位提出乾隆帝出生在避暑山莊的官員名叫管世銘，當時任軍機章京。他隨乾隆帝一起去避暑山莊木蘭秋獮，寫下〈扈蹕秋獮紀事三十四首〉（收入《韞山堂詩集》），其中第四首涉及到乾隆帝的出生地：

> 慶善祥開華渚虹，降生猶憶舊時宮。
> 年年諱日行香去，獅子園邊感聖衷。

管世銘在這首詩的後面有個「詩注」，說：「獅子園為皇上降生之地，常於憲廟忌辰臨駐。」這裡明確地說：獅子園是乾隆帝的誕生地，因此乾隆帝常在先帝雍正駕崩的忌日（八月二十三日），到這裡小住幾天。

獅子園是承德避暑山莊外的一座園林，因為它的背後有一座形狀像獅子的山峰而得名。康熙帝到熱河避暑時，雍正帝作為皇子經常隨駕前往，獅子園便是雍親王一家當時在熱河的住處。管世銘等一些朝野人士認為：避暑山莊獅子園是乾隆帝的出生地。這裡要介紹一下管世銘。

管世銘，字緘若，也稱「韞山先生」，江蘇武進人，乾隆

雍親王行樂圖

四十三年（1778）進士，五十一年（1786）十月以戶部主事入值軍機處，六十年（1795）改浙江道監察御史，經大學士、首席軍機大臣阿桂奏請，仍留軍機處供職。嘉慶三年（1798）十一月十二日去世。雖然他的官品並不算高，但作為軍機章京長達十餘年，又和當朝元老首席軍機大臣阿桂有特殊關係，所以了解一些內廷掌故和宮闈秘聞。他隨扈乾隆帝木蘭秋獮，應當比較熟悉皇帝在避暑山莊的起居行止。而且，當年康熙帝駐蹕避暑山莊，確實多次親臨獅子園，與雍親王一家團聚。康熙、雍正、乾隆三代皇帝曾經在獅子園相聚，成為清朝歷史上的一段佳話。所以，軍機章京管世銘明確地寫出：「獅子園為皇上降生之地。」管世銘是當朝人寫當朝事，在文字獄大興的時代，這樣寫應當是有所依據的。

像管世銘這樣的說法在當時具有一定的代表性，連乾隆帝的兒子嘉慶帝也曾說皇父出生地是避暑山莊。

　　乾隆六十年（1795），乾隆帝宣布皇十五子顒琰爲皇太子，隔年元旦37歲的皇太子正式即位，即嘉慶帝。乾隆帝則禪位，做太上皇。

　　嘉慶元年（1796）八月十三日，乾隆帝首次作爲太上皇在避暑山莊過萬萬壽節（皇帝生日稱萬壽節，太上皇生日稱萬萬壽節），慶祝86歲大壽，嘉慶帝特別寫作〈萬萬壽節率王公大臣等行慶賀禮恭紀〉詩慶賀。詩云：「肇建山莊辛卯年，壽同無量慶因緣。」其下注云：「康熙辛卯肇建山莊，皇父以是年誕生都福之庭。山符仁壽，京垓億秭，綿算循環，以怙冒奕禩，此中因緣，不可思議。」

　　嘉慶帝在詩後「注解」說：皇祖康熙辛卯年（康熙五十年）題寫了「避暑山莊」匾額，皇父乾隆帝也恰好在這年降生在避暑山莊，這是值得慶賀的福壽無量的因緣！

　　嘉慶二年（1797），乾隆帝又到避暑山莊過生日，嘉慶帝隨駕到避暑山莊，再次寫〈萬萬壽節率王公大臣等行慶賀禮恭紀〉詩祝壽，在詩文的注釋中，嘉慶帝把皇父乾隆帝的出生地說得更明確了：「敬惟皇父以辛卯歲，誕生於山莊都福之庭。躍龍興慶，集瑞鍾祥。」

　　嘉慶帝以上兩條詩注都表明：皇父乾隆帝出生在承德避暑山莊。

　　人們把嘉慶帝的詩和管世銘的詩聯繫起來考慮，很

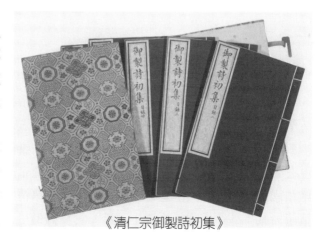

《清仁宗御製詩初集》

洗三盆

多人認為乾隆帝的出生地是避暑山莊。

嘉慶八年（1803），嘉慶帝諭旨梓行《清仁宗御製詩初集》，就是出版嘉慶帝個人的詩集。上述兩首詩收錄集中，並刊行於世。說明嘉慶帝到這時還是認為皇父乾隆帝出生在承德避暑山莊。可見，乾隆帝的誕生地在避暑山莊，是當時的一個通行說法。所以後來有官員說：「獅子園說其訛傳久矣。」

此外，避暑山莊中有一件文物，就是紫檀木雕盆托上放著一只銅盆，據說這就是乾隆帝出生後三日洗澡用的「洗三盆」。既然乾隆帝出生後的「洗三盆」放在避暑山莊，那麼乾隆帝當然是生於避暑山莊。

然而，在十幾年後，嘉慶帝主動放棄了這一說法，而認同皇父乾隆帝「誕於雍和宮邸」的說法。

三、一波三折

是什麼促使嘉慶帝放棄了皇父出生在避暑山莊的說法呢？

原來清朝每一位皇帝登極以後，都要為先帝纂修《實錄》和《聖訓》。先是，嘉慶帝命朝臣編修《清高宗實錄》和《清高宗聖訓》。至是，嘉慶十二年（1807），嘉慶帝在審閱呈送稿時，發現在《實錄》和《聖訓》稿中，都把皇父乾隆帝的出生地寫成了雍和宮，便命編修大臣進行認真核查。這件事情，英和《恩福堂筆記》載：「丁卯歲（嘉慶十二年）實錄館進呈《聖訓》，首載

『誕聖』一條，仁廟即以爲疑，飭館臣覆。」

英和，當時在南書房參與機密，又當過翰林院掌院學士。《清高宗實錄》卷首列英和的職銜是：經筵講官、工部左侍郎、內務府大臣等。據英和記載，當時奉旨查覆的負責官員叫劉鳳誥。

劉鳳誥，字金門，江西萍鄉人，乾隆五十四年（1789）進士。嘉慶四年（1799）開館纂修《高宗實錄》及《高宗聖訓》時，官吏部侍郎，故稱少宰，任纂修官，很快升爲總纂、副總裁官。他奉旨查覆，把乾隆帝當年寫的詩找出來，凡是乾隆帝自己說生在雍和宮的冊頁都夾上黃簽，呈送嘉慶帝審閱。據英和記載：「經劉金門少宰鳳誥奏，本聖製《雍和宮詩》，將聖集夾簽進呈，上（嘉慶帝）意始解。而聖製詩注謂：『予實於康熙辛卯生於是宮也。』則知『獅子園說』其訛傳久矣。」

嘉慶帝面對皇父御製詩及其注，感到問題嚴重。在皇父出生地的問題上，怎能違背皇父本人的旨意呢！於是，嘉慶帝放棄了皇父出生在避暑山莊獅子園的說法，而認同出生在雍和宮的說法。按照嘉慶帝諭旨編纂的《高宗純皇帝實錄》和《聖訓》寫道：

> 高宗……純皇帝，諱弘曆，世宗……憲皇帝第四子也。母孝聖……憲皇后鈕祜祿氏。原任四品典儀官、加封一等承恩公凌柱之女。仁慈淑愼，恭儉寬和，事世宗憲皇帝，……以康熙五十年辛卯八月十三日子時，誕於雍和宮邸。（《清高宗純皇帝實錄》卷一）

劉鳳誥廓清了如此重要的訛傳，受到嘉慶帝的恩眷。到《高宗實錄》及《高宗聖訓》編修告竣之時，劉鳳誥官爲經筵講官、太子少保、吏部右侍郎，並開復（撤銷）前此因修書降一級的處分。

然而，嘉慶帝是一位平庸的皇帝，表現在對皇父乾隆帝出生地

的確認問題上，有些虎頭蛇尾、疏忽大意。乾隆帝誕生於雍和宮邸的說法，只有嘉慶皇帝本人與纂修《高宗實錄》的極少數館臣知道，而其他大臣並不知曉這個欽定的結論。更爲重要的是，嘉慶帝並沒有明降諭旨，修正《清仁宗御製詩初集》中記載皇父降生避暑山莊的文字。因此很多人仍然認爲乾隆帝誕生於避暑山莊。這樣就導致了一樁震動朝野的「嘉慶遺詔風波」。

嘉慶遺詔風波：嘉慶二十五年（1820）七月二十四日，嘉慶帝到塞外木蘭秋獮，到達避暑山莊。第二天，嘉慶帝突然在避暑山莊駕崩。軍機大臣托津、戴均元等代筆撰寫嘉慶帝〈遺詔〉，其中採信了嘉慶帝早期關於乾隆帝生於避暑山莊的說法，〈遺詔〉末有皇祖「降生避暑山莊」一語，把乾隆帝誕生地寫成是避暑山莊。〈遺詔〉

「嘉」「慶」連珠璽

向天下公布以後，劉鳳誥發現了其中的問題，從而掀起了一場不小的風波。

這位劉鳳誥當年編修完《高宗實錄》與《高宗聖訓》後，雖然得到了一些好處，但此後在仕途上卻遭遇了重大挫折。嘉慶十四年（1809）八月，御史陸言彈劾劉鳳誥充任江南鄉試正考官和浙江學政時，終日酗飲、接受賄賂、透露試題，因而引起江南考生鬧事。嘉慶帝命戶部侍郎托津等爲欽差大臣，前往查辦。托津等查明劉鳳誥接受請託屬實，劉因而被發配到黑龍江充軍，直到嘉慶十八年（1813）才被恩釋回籍，官運從此一蹶不振。後來嘉慶帝仍不忘

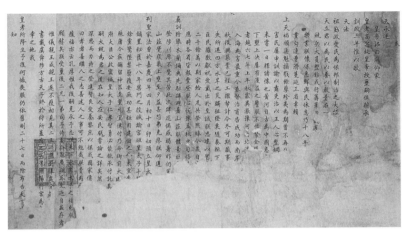

嘉慶皇帝的「遺詔」

他修纂《高宗實錄》時的功勞，把他從原籍召回北京，賞給翰林編修，算是一種安慰。相反，負責查辦此案的托津等卻不斷高升，嘉慶後期，托津為大學士，劉鳳誥雖恨之入骨，但一時難以報復。嘉慶帝遺詔頒布，劉鳳誥第一個發現遺詔中將乾隆帝誕生地寫成避暑山莊。劉鳳誥認為洩十年之隱忿、報復托津等人時機已到，便向曹振鏞進言道：「遺詔中有非同小可之誤，可借此傾陷政敵。」

曹振鏞，安徽歙縣人，乾隆四十六年（1781）進士，《高宗實錄》主要纂修官之一，後來做到體仁閣大學士，管工部，但一直沒有能入值軍機處。清制：內閣無實權，內閣大學士兼軍機大臣方為真宰相。此人對托津、戴均元等實權派人物早有不滿，所以一直在窺測時機，想取托津、戴均元而代之。

同年八月十二日，道光帝奉大行皇帝梓宮回京師，大學士曹振鏞乘皇上召對之機，陳奏說：軍機大臣所擬嘉慶皇帝遺詔中有嚴重錯誤，把乾隆帝的誕生地說成是避暑山莊，曹振鏞還指《高宗實錄》為證，那上面開首即講乾隆帝誕生於「雍和宮邸」。

道光帝得到這個疏奏，非常重視，九月初七日，降下要詳查

「遺詔」事件原委的諭旨：

> 諭內閣：七月二十五日，慟遭皇考大行皇帝大故，彼
> 時軍機大臣敬擬遺詔，朕在居喪之中，哀慟迫切，未
> 經看出錯誤之處，朕亦不能辭咎。但思軍機大臣，多
> 年承旨，所擬自不至有誤。及昨內閣繕呈遺詔副本，
> 以備宮中時閱。朕恭讀之下，末有皇祖「降生避暑山
> 莊」之語，因請出皇祖《實錄》跪讀，始知皇祖於康
> 熙辛卯八月十三日子時誕生於雍和宮邸。復遍閱皇祖
> 《御製詩》，凡言降生於雍和宮者，三見集中。

於是命大學士曹振鏞，協辦大學士、尚書伯麟，尚書英和、黃鉞傳
旨，令軍機大臣明白回奏。後托津等奏稱：恭查大行皇帝《御製詩
初集》第十四卷〈萬萬壽節率王公大臣等行慶賀禮恭紀〉，詩注恭
載高宗純皇帝「以辛卯歲誕生於山莊都福之庭」；又第六卷〈萬萬
壽節率王公大臣等行慶賀禮恭紀〉詩注相同。至《實錄》未經恭
閱，不能深悉等語。

道光帝又諭：

> 朕敬繹皇考詩內語意，係泛言山莊為都福之庭，並無
> 誕降山莊之意，當日擬注臣工，誤會詩意。茲據軍機
> 大臣等稱《實錄》未經恭閱，尚屬有辭；至皇祖（即
> 乾隆帝）《御製詩》久經頒行天下，不得諉為未讀，
> 實屬巧辯！除托津、戴均元俱以年老，不必在軍機處
> 行走，並不必恭理大行皇帝喪儀，與文孚、盧蔭溥一
> 併交部議處。盧蔭溥、文孚年力尚強，與托津、戴均
> 元行走班次在前者亦有區別，仍留軍機大臣。遺詔布

告天下，爲萬世徵信，豈容稍有舛錯？故不得不將原
委，明白宣示中外。著將此旨，通諭知之！

道光帝利用乾隆帝出生地的事件，發起了一場朝廷地震，嚴懲托津
和戴均元這班前朝重臣，換上了自己的人馬。這明顯帶有借題發
揮、小題大做的意味，道光帝爲什麼要這麼做呢？這是因爲他在繼
位的問題上一波三折，憋了一口氣。

　　第一，嘉慶帝剛斷氣，總管內務府大臣禧恩就建議由旻寧
（即道光帝）繼位，但未立即得到軍機大臣的認同。禧恩是睿
親王淳穎之子，由御前侍衛進升爲內務府大臣，出身宗室，地位重
要。《清史稿·禧恩傳》記載：「仁宗崩於熱河避暑山莊，事出倉
猝，禧恩以內廷扈從，建議宣宗有定亂勳，當繼位。樞臣托津、戴
均元等猶豫。禧恩抗論，眾不能奪。會得秘匣朱諭，乃偕諸臣奉宣
宗即位。」禧恩上述的建議表明，嘉慶帝生前並未就嗣位之事，在
大臣中公布。因而首席軍機大臣托津和軍機大臣戴均元都表示，雖
然二阿哥（旻寧）智勇雙全、眾望所歸，但畢竟沒有見到大行皇帝
的遺詔，萬一那份藏在「正大光明」匾後的諭旨名單上，是別人的
名字呢？這兩位勢高權重的大臣，在道光帝繼位的關鍵時刻，表現
出「猶豫」的態度。雖然並無阻攔的意思，但是讓急於登位的旻寧
很生氣。

　　第二，鐍匣沒有放在乾清宮「正大光明」匾後。按照雍正
帝的諭定，皇帝立儲的緘封御書，懸置於乾清宮「正大光明」匾額
之後。嘉慶帝的秘密立儲御書，自然不應例外。但是，嘉慶帝在避
暑山莊病逝後，本應立即派大臣急馳北京，到乾清宮取下「正大光
明」匾後的秘密立儲的御書。但是，當時並沒有這樣做。

　　第三，孝和睿皇后傳懿旨要旻寧嗣位。孝和睿皇后並不知
密詔鐍匣在什麼地方，所以當她在京驚悉嘉慶帝崩於熱河行宮噩

道光皇帝朝服像

耗後，發出懿旨：「皇次子智親王，仁孝聰睿，英武端醇，現隨行在，自當上膺付託，撫馭黎元。但恐倉卒之中，大行皇帝未及明諭，而皇次子秉性謙沖，素所深知。為此特降懿旨，傳諭留京王大臣，馳寄皇次子，即正尊位。」旻寧在熱河接奉懿旨時，確實「愉感靡極」，「伏地叩頭，感悚不能言喻」，感恩於皇太后。《清史稿·孝和睿皇后傳》記載：「仁宗幸熱河，崩。後傳旨令宣宗嗣位。宣宗尊為皇太后，居康壽宮。」時皇后鈕祜祿氏生有綿愷、綿忻兩子，但她在不知鐍匣御書的情況下，懿旨由旻寧繼位，既難能可貴，又證明鐍匣御書不在乾清宮。

　　第四，幾經周折才找到鐍匣御書。包世臣所撰〈戴均元墓碑〉文，記載當時尋找並開啟鐍匣的情狀。〈碑文〉說：嘉慶二十五年（1820）春，戴均元拜文淵閣大學士，晉太子太保，管理刑部。七月，戴均元「偕滿相托文恪公（托津），扈灤陽圍。甫駐蹕，聖躬驟有疾，不豫。變出倉猝，從官多皇遽失措。公與文恪，督內臣檢御篋十數事，最後近侍於身間出小金盒，鎖固無

鑰，文恪擎金鎖，發盒得寶書。公即偕文恪奉今上即大位，率文武隨瑞邸（綿忻）成禮。乃發喪，中外晏然。」（《清代碑傳全集續集》卷二）鐍匣御書終於在嘉慶帝身邊找到，道光帝的繼位才算完全順理成章。

第五，旻寧終於得以繼位。此事，《清史稿·戴均元傳》記載：「從适熱河，甫駐蹕，帝不豫，向夕大漸。均元與大學士托津督內侍檢御篋，得小金盒。啟，宣示御書立宣宗為皇太子，奉嗣尊位，然後發喪。」《清史稿·托津傳》也記載：「仁宗崩於熱河避暑山莊，事出倉猝，托津偕大學士戴均元，手啟寶盒，奉宣宗即位。」

由上可見，旻寧繼位，首先得到以禧恩為代表的宗室之建議和認同，但是重臣托津、戴均元表現出猶豫；後來很快得到皇太后的中宮懿旨，最重要的是找到了鐍匣御書的聖旨，這場政治風波才告平息。道光帝的繼位雖說有驚無險，但他還是憋了一口氣，很顯然對戴均元和托津心存不滿。現在，正好抓住這個茬兒，將二人從軍機大臣的位置上趕下來。

道光帝登極伊始，便巧妙地利用乾隆帝出生地的不同說法，整掉了前朝的權臣、重臣、老臣。恐怕乾隆帝無論如何也想不到，竟然會因為自己出生地的分歧而釀成了如此劇烈的朝廷變局！恐怕嘉慶帝也想不到，竟然會因為自己將皇父出生地前後說成兩個地點，而釀成了如此劇烈的朝廷變局！

上述政治風波之後，道光帝連續做了三件事：

第一，追回〈嘉慶遺詔〉。道光帝降旨福建、廣東、廣西、雲南四省督、撫，以日行六百里的最快速度，將發往琉球、越南、緬甸的〈遺詔〉追回來。

第二，更改〈嘉慶遺詔〉。曹振鏞在遺詔風波中如願以償，被晉升為武英殿大學士，入值軍機，替代了原首席軍機大臣托津的

位置。道光命曹振鏞主持修改遺詔中的錯誤：

原本：古天子終於狩所，蓋有之矣。況灤陽行宮，為每歲臨幸之地，我皇考即降生避暑山莊，予復何憾？

改定本：古天子終於狩所，蓋有之矣。況灤陽行宮，為每歲臨幸之地，我祖、考神御（即影像）在焉，予復何憾？

上面把「我皇考即降生避暑山莊」一句，改為「我祖、考神御（即影像）在焉」。

第三，更改《清仁宗御製詩初集》。 當年嘉慶帝發現自己的詩注有問題時，並沒有將刊發的詩集收回更正，導致後來托津、戴均元又採用了詩中的說法。道光帝則對《仁宗御製詩初集》中有關乾隆帝出生於避暑山莊的說法加以訂正，重新刊發。比如：

初版《清仁宗御製詩初集》：「康熙辛卯，肇建山莊。皇父以是年，誕生都福之庭。山符仁壽，京垓億秭，……敬惟皇父以辛卯歲，誕生於山莊都福之庭，躍龍興慶，集瑞鍾祥。」

改版《清仁宗御製詩初集》：「康熙辛卯年，肇建山莊。皇父以是年誕生。瑞啟蒼符，山徵仁壽……敬惟皇父以辛卯歲誕生，而山莊之建，亦適成於是歲。瑞應祥徵，默孚寶祚。」

但是，嘉慶七年（1802）那個版本的《清仁宗御製詩初集》畢竟已經刊行，所以我們今天可以看到兩種不同版本的《清仁宗御製詩初集》，後者修改的痕跡赫然紙上。由於嘉慶帝的詩早已公開流行天下，道光帝這樣大張旗鼓地修改，反而欲蓋彌彰。因為道光帝改得不徹底，有一部分沒有改的嘉慶帝御製詩集流傳下來，從而愈加使天下官員百姓，對乾隆帝出生地產生疑惑，進而使乾隆帝「降生避暑山莊」之說，盡為天下人所知。同時，嘉慶帝和道光帝更改乾隆帝出生在避暑山莊說，所依據的只是乾隆帝的御製詩及其詩注，尚不能使天下人信服。所以直到現在，乾隆帝出生地仍是一

椿歷史疑案。

　　朝廷無小事，細末釀風波。一名普通百姓，出生在什麼地方，對家庭來說，可能算是一回事；但對民族、對國家來說，沒有什麼影響。皇帝卻不同，乾隆帝的出生地，乾隆朝、嘉慶朝、道光朝，鬧騰了三朝，最後釀出一場宮廷政治風波。康熙帝曾說：「一事不謹，即貽四海之憂；一時不謹，即貽百世之患。」此言不虛！

相關推薦書目

(1) 周遠廉，《乾隆皇帝大傳》（河南人民出版社，1990）。
(2) 孟昭信，《康熙皇帝大傳》（吉林文史出版社，1987）。
(3) 白新良主編，《乾隆傳》（遼寧教育出版社，1990）。
(4) 陳捷先，《乾隆寫真》（遠流出版公司，2002）。
(5) 郭成康，《乾隆正傳》（中央編譯出版社，2006）。

乾隆生母是誰

乾隆皇帝之母孝聖憲皇后

　　乾隆皇帝不但出生地有疑案，而且他的親生母親是誰也有疑案。作為一代帝王來說，這在清史上是僅有的，在中國歷史上也不多見。如果是一個普通人，他的母親是誰，只與他的家族有關，於民族、國家、社稷關係不大；但乾隆帝不同，他的母親是誰，是關乎民族與政治的大問題。因此，乾隆帝的生母問題才引起那麼多人的關注。

　　據史書記載，康熙六十一年（1722），康熙帝在避暑山莊獅子園，會見了乾隆帝弘曆的生母（就是後來的崇慶皇太后），說她是有福之人。乾隆帝的確是個孝子，他為母親60大壽，大修清漪園（今頤和園），改甕山名為萬壽山；他曾侍奉母親三上泰山、四下江南，多次到避暑山莊；他還別出心裁，用3000多兩黃金做了一個金塔，專門用來存放母親梳頭時掉下來的頭髮，所以叫「金髮塔」。但是，這位有福氣的崇慶皇太后，一直有議論說她不是乾隆帝的生母，或者說她的身世可疑。

描繪乾隆為崇慶太后（孝聖）做壽的《慈寧燕喜圖》（局部）

一、野史傳說

清末民初，反清排滿的風氣很盛，出現了很多有關清帝的野史傳說。乾隆帝生母疑案，更是被炒得街談巷議，沸沸揚揚。我歸納一下，主要有四說：

熊希齡

第一，南方傻姐說。民國時期曾任國務總理的熊希齡，從「老宮役」口中，聽到乾隆帝生母的故事，並對胡適講道：「乾隆帝之生母為南方人，諱名『傻大姐』，隨其家人到熱河營生。」這種傳說因《胡適日記》而流傳甚廣。弘曆（乾隆帝）出生時，胤禛已是雍親王，他怎麼會納一位「傻大姐」為福晉呢！這純屬齊東野語，毫無根據，不必相信，也毋需論。

第二，承德貧女說。晚清湖南王闓運曾經做過曾國藩的幕僚，還做過大學士肅順的西席（家庭教師），交遊甚廣，熟諳掌故，又是晚清著名詩人。王闓運在《湘綺樓集‧今列女傳》中，說：

> 孝聖憲皇后，純皇帝（指乾隆）之母也。始在母家，居承德城中，家貧無奴婢。六七歲時，父母遣詣市買漿酒粟麵，所至店肆輒大售，市人敬異焉。十三歲入京師，值中外姊妹當選入宮，隨往觀之，門者初以為

在籍中，既而引見，十人為列，始覺之。主者懼，譴
令入末班。孝聖容體端頎，中選，分皇子邸，得在雍
府，即世宗憲皇帝王宮也。憲皇帝肅儉勤學，靡有聲
色侍御之好，福晉別居，進見有時。會夏被時疾，御
者多不樂往，孝聖奉妃命，旦夕服事維謹，連五六
旬，疾大愈，遂得留侍，生高宗（乾隆）焉。（張采
田，《清列朝后妃傳稿》上）

他提出，乾隆帝的生母雖然是鈕祜祿氏，但的確與避暑山莊有
關。與皇室家譜——《玉牒》和《清高宗實錄》記載的孝聖憲皇后
鈕祜祿氏家世比較，王闓運所記不僅詳盡，而且多有異辭。說鈕祜
祿氏「家貧無奴婢」，13歲時混入姐妹群中得入選秀女，分雍親王
府為侍女，都不見於《玉牒》和《實錄》。

上述記載可信嗎？曾任清史館纂修的張采田說：「王氏書好
任意出入。」晚清遺老、熟悉清宮掌故的光緒進士金梁認為：從
《欽定宮中現行則例》裡，可見清宮門衛制度森嚴，怎麼可能讓
一個承德女子混進皇宮並入選秀女呢？斷言王闓運所記不實。但王
闓運關於乾隆帝生母鈕祜祿氏家世及入宮的說法，雖不無破綻，
卻應予重視。張采田在《清列朝后妃傳稿》中引述英和《恩福堂
筆記》和王闓運《湘綺樓集》的記載，促發人們更加關注這個疑
案。

第三，海寧陳家說。海寧在清朝屬杭州府，是濱海的一個小
縣，它之所以聞名於世，一是這裡可以觀氣勢磅礴的海潮，再就是
明清以來這裡出了一個「海寧陳家」。

海寧陳氏後人陳其元所撰《庸閑齋筆記》講了一段掌故：道
光朝時他的從祖陳崇禮做建昌道，有一次被皇帝召見詢問他的家
世，崇禮奏稱係陳元龍、陳世倌的後人。道光帝道：「汝固海寧陳

家也。」於是將他擢升爲鹽運使。這裡提到的陳世倌，就是以都察院左都御史、工部尚書，乾隆七年（1742）官拜文淵閣大學士，並被廣爲傳說是乾隆皇帝眞正生父的海寧陳閣老。

這個故事來自清末天嘏所著《清代外史》，書中〈弘曆非滿洲種〉寫道：

> 浙江海寧陳氏，自明季衣冠鵲起，漸聞於時，至（陳）之遴，始以降清，位至極品。厥後陳詵、陳世倌、陳元龍，父子叔侄，並位極人臣，遭際最盛。康熙間，胤禛與陳氏尤相善，會兩家各生子，其歲月日時皆同。胤禛聞悉，乃大喜，命抱以觀。久之，始送歸，則竟非己子，且易男爲女矣。陳氏殊震怖，顧不敢剖辨，遂力秘之。未幾，胤禛襲帝位，即特擢陳氏數人至顯位。迨乾隆時，其優禮於陳者尤厚。嘗南巡至海寧，即日幸陳氏家，升堂垂詢家世。將出，至中門，命即封之。謂陳氏曰：「厥後非天子臨幸，此門

海寧海神廟

毋輕開也。」由是，陳氏遂永鍵其門。或曰：「弘曆
實自疑，故欲親加訪問耳。」或曰：「胤禛之子，實
非男，入宮比視，妃竊易之，胤禛亦不知也。」或又
曰：「弘曆既自知非滿人，在宮中嘗屢屢穿漢服，欲
竟易之。一日，晃旒袍服，召所親近曰：『朕似漢人
否？』一老臣跪對曰：『皇上於漢誠似矣，而於滿洲
非也。』弘曆乃止。」

這段文字核心的意思是說，在康熙年間，海寧陳家和雍親王胤禛兩
家同時生孩子，且生日時辰都相同，雍親王命陳家將孩子抱進王府
自己要看看，結果抱進去的是男孩，抱出來的卻是女孩！陳家怕引
來滅門之禍，不敢聲張。

　　蔡東帆（藩）《清史通俗演義》第三十回對此加以渲染，錢
塘九鍾主人《清宮詞》又為之推波助瀾。《清宮詞》有一首說：
「巨族鹽官高渤海，異聞百載每傳疑。晃旒漢制終難復，曾向安
瀾駐翠蕤。」詩的作者還對最後一句詩加了注釋：「海寧陳氏有安
瀾園，高宗南巡時，駐蹕園中，流連最久。乾隆中嘗議復古衣冠
制，不果行。」《清宮詞》說「巨族鹽官高渤海」，指的就是海寧
陳家，這首詞原注中指乾隆帝南巡駐陳氏安瀾園流連最久為證。

　　應該說《清代外史》也好，《清史通俗演義》也好，《清宮
詞》也好，有關乾隆帝生母的異說，當時都帶有排滿的政治意
味。因為如果乾隆帝是海寧陳氏之子，也就否定了他的純正滿洲血
統，因而清朝自乾隆以後，已成了漢家天下。這個傳聞尤為漢人所
津津樂道，到了清末民初，幾乎眾口一詞，尤其江浙一帶更甚。

　　野史炒作之後，小說家又出來湊熱鬧，首先登場的就是名噪一
時的鴛鴦蝴蝶派大家之一許嘯天。民國十四年（1925），上海出版
許嘯天的《清宮十三朝》，書中寫乾隆帝原是陳閣老的兒子，被雍

正妻子用掉包計換了來，乾隆帝長大後，從乳母嘴裡得知隱情，便藉南巡之名，去海寧探望親生父母，但這時陳閣老夫婦早已去世，乾隆帝只得到墓前，用黃幔遮著，行了人子大禮。此書風靡一時，更加廣為人知。

近來，乾隆帝為海寧陳家之子的傳聞，不斷採入小說、影視作品，而影響最大的當屬金庸先生的《書劍恩仇錄》。金庸（查良鏞），浙江海寧人，從小就聽到有關乾隆帝的種種傳聞，故而他的第一部武俠小說《書劍恩仇錄》也就緊緊圍繞著乾隆帝身世之謎展開。在金庸的筆下，當時江湖最大幫會——紅花會的總舵主于萬亭秘密入宮，將乾隆帝生母陳世倌夫人的一封信交給乾隆帝，信中詳述當時經過，又說他左股有一塊朱記。待于萬亭走後，乾隆帝便把當年餵奶的乳母廖氏傳來，秘密詢問，得悉了自己家世真情：「原本康熙五十年八月十三日，四皇子允禛（按即胤禛）的側妃鈕祜祿氏生了一個女兒，不久聽說大臣陳世倌的夫人同日生產，命人將小兒抱進府裡觀看。那知抱進去的是兒子，抱出來的卻是女兒。陳世倌知是四皇子掉了包，大駭之下，一句都不敢洩漏出去。」

金庸先生雖以海寧人寫乾隆帝為海寧陳家之後的故事，但他告訴讀者們：「陳家洛這人物是我的杜撰。」他還聲明：「歷史學家孟森作過考據，認為乾隆帝是海寧陳家後人的傳說靠不住。」乾隆帝到海寧，不能證明他是陳家的兒子，因為：

其一，四至海寧為海塘。乾隆帝六度南巡，四至海寧，每次都有駐蹕陳家私園——原名隅園，後經乾隆帝改名的安瀾園中。乾隆四至海寧，主要為修海塘。海潮北趨，海寧告警，一旦沖破海塘，浸淹蘇、松、杭、嘉、湖等全國最富庶之地，則嚴重影響政府賦稅和漕糧的徵收。我去海寧作過考察，海塘工程，雄偉壯觀，大功告成，厚惠於民。

《乾隆南巡圖》
（局部）

　　乾隆帝為什麼每至海寧必駐陳氏私園「隅園」呢？最主要的原因是乾隆帝愛此園景致，且居園中即可聞潮聲，而偏僻小縣海寧也確實沒有比這「三朝宰相家」更體面的地方可以迎駕。

　　隅園地處海寧城西北角，到陳元龍居住時，規模益備。乾隆帝南巡，陳元龍已死，其子陳邦直又增設池台，作為駐蹕之地。隅園有百畝之廣，入門水闊雲寬，園內有百年古梅、南宋樹木。當時著名詩人袁枚詠該園詩有：「百畝池塘十畝花，擎天老樹綠槎枒。調羹梅也如松古，想見三朝宰相家。」乾隆皇帝在數十首題詠其園的詩中，發出了「似此真佳處」的感慨。乾隆帝初幸隅園後，賜其名為「安瀾園」，以志此行在使海水安瀾。後乾隆帝又在圓明園內建「安瀾園」，並寫〈安瀾園記〉。乾隆帝六次南巡，四至海寧，都駐蹕陳氏家園，但每次連「三朝宰相」陳家子孫都未召見，更談不

到「升堂垂詢家世」，至於說他張黃幔以偷祭死去的父母，更屬天方夜譚。

其二，「春暉堂」為康熙書。海寧陳家有清帝御書「春暉堂」匾額。「春暉」用唐孟郊的詩：「慈母手中線，遊子身上衣。臨行密密縫，意恐遲遲歸。誰言寸草心，報得三春暉。」這是「春暉」兩字的出典。有學者說：「春暉」喻慈母恩，乾隆帝若不是陳家之子，為何題寫這樣的匾額？但是，經孟森先生考證：陳家確有「春暉堂」匾，但此匾是康熙帝賜書，而「非高宗所書也」。

其三，胤禛抱子理難通。有人說，胤禛做皇子時，生育不蕃，出於爭儲的目的，所以不擇手段抱來陳家之子冒充自己的兒子。康熙五十年（1711）八月十三日乾隆帝降生時，海寧陳氏在北京做高官的陳元龍，由吏部右侍郎改吏部左侍郎，八月又改廣西巡撫。胤禛時為雍親王，他的長子、二子雖早殤，第三子弘時卻已8歲。且當時胤禛34歲，正當壯年，在雍邸格格鈕祜祿氏生下弘曆（乾隆帝）後三個多月，另一格格耿氏又為雍正生下第五子弘晝，後雍正帝又有過五個兒子。所以說，雍正帝因「生育不蕃」而抱養他人兒子，於情於理，實難說得通。因此，孟森說：「世宗（雍正）亦安知奪位之必勝？又安知陳氏之子必有福？」此說無據，不攻自破。

其四，沒有蔣氏「公主樓」。海寧馮柳堂寫〈乾隆與海寧陳閣老〉一文，認為常熟人蔣溥的陳姓夫人為帝女，就是說那個被換走的雍親王之女，後來由陳家嫁給了蔣溥。蔣溥之父名廷錫，被康熙帝賜進士，授編修，為內閣學士，官戶部尚書、兵部尚書，拜文華殿大學士。蔣溥，雍正進士，值南書房，官戶部尚書、禮部尚書、吏部尚書、翰林院掌院學士、協辦大學士。蔣溥甚得皇上恩寵，蔣溥的陳夫人在常熟所居之樓，當地稱「公主樓」。此說也

靠不住：一則，常熟人都說不知有「公主樓」；蔣氏後人也不知有「公主樓」。二則，馮氏舉證蔣溥去世時，乾隆帝曾兩次親往視疾，以此作為蔣溥為帝女的證據。其實，蔣溥久居相位，得了重病，帝往視疾，死後親奠，是為常例（《清史稿》卷二八九，〈蔣廷錫傳附子溥傳〉），不能以此證明蔣溥是尚主之婿。馮柳堂所謂證據，不足憑信。

其五，迭出名相非眷顧。有清一代，海寧陳家名相迭出，寵榮極盛，有人以此說明是受到乾隆帝的特別關照。我們不妨追述一下海寧陳家的歷史。海寧陳家原出渤海高氏，到始祖高諒時，遊學到海寧，不小心落入水中，被一賣豆腐的店主救了上來，這位救命恩人陳明遇，老而無子，便以女妻高諒，高諒生子，遂承外祖姓陳氏，後出了舉人。萬曆朝，陳家出了進士、布政使、順天巡撫等。順、康、雍時，陳家「位宰相者三人」。可見，海寧陳家的仕宦隆盛從明萬曆朝即已開始，清康熙、雍正兩朝達到高峰。後來乾隆帝革陳世倌職時說：「自補授大學士以來，無參贊之能，多卑瑣之節，綸扉重地，實不稱職！」乾隆帝一點面子也不給陳世倌，這哪裡像「父子」關係呢！不錯，海寧陳家確是科第之奇。陳其元《庸閑齋筆記》記載，自明正德迄晚清，海寧300年間「舉、貢、進士二百數十人」，其中兩榜為兄弟三人同榜。但這是在康熙朝，而不是在乾隆朝，所以不能以此作為乾隆帝出於陳家的根據。

總之，乾隆帝的生母是海寧陳世倌夫人之說屬於子虛烏有，孟森先生〈海寧陳家〉一文已有詳細考訂。

第四，漢女李氏說。曾做過熱河都統幕僚的近代作家、學者冒鶴亭說：乾隆帝生母是熱河漢人宮女李佳氏。上海淪陷時作家周黎庵寫了〈清乾隆帝的出生〉（載《古今文史》半月刊1944年5月1日）一文，援引冒鶴亭的說法，披露了乾隆皇帝出生的秘聞，並添加雍正帝喝鹿血等情節，增加了故事性：

　　鶴丈云：乾隆生母李佳氏，蓋漢人也。凡清宮人之隸
　　漢籍者，必加「佳」字，其例甚多。雍正在潛邸時，
　　從獵木蘭，射得一鹿，即宰而飲其血。鹿血奇熱，功
　　能壯陽，而秋狩日子不攜妃從，一時躁急不克自持，
　　適行宮有漢宮女，奇醜，遂召而幸之，次日即返京，
　　幾忘此一段故事焉。去時爲冬初，翌歲重來，則秋中
　　也，腹中一塊肉已將墮地矣。康熙偶見此女，頗爲震
　　怒，蓋以行宮森嚴，比制大內，種玉何人，必得嚴
　　究，詰問之下，則四阿哥也。正在大詬下流種子之
　　時，而李女已屆坐褥，勢不能任其汙褻宮殿，乃指一
　　馬廄令入。此馬廄蓋草舍，傾斜不堪，而臨御中國
　　六十年，爲上皇者又四年之十全功德大皇帝，竟誕生
　　於此焉。鶴丈曾佐熱河都統幕，此說蓋聞諸當地宮監
　　者。此草廄至清末垂二百年，而每年例需修理一次，
　　修理之費，例得正式報銷。歷年所費，造一宮殿已有
　　餘資，而必須修此傾斜之草廄者，若無重大歷史價
　　值，又何至於此？信如此說，弘曆之生母孝聖憲皇后
　　之福澤亦不可謂不大。

　上述文字大意是說：一，乾隆帝生母李佳氏，蓋漢人也。二，雍正
有一年隨父皇康熙帝到承德打獵，射得一鹿，因飲鹿血而躁急不能
自持，身邊無從妃，「適行宮有漢宮女，奇醜，遂召而幸之」，不
料這露水姻緣卻種下了龍種。三，第二年李氏女子臨產，康熙帝
急召雍正來承德詰問，雍正承認不諱，乾隆帝生後乃成爲皇裔。
四，冒鶴亭還根據「當地宮監」傳聞，確指李女在避暑山莊一處
「傾斜不堪」的馬廄內生下乾隆帝，日後清廷每年都列專款修理

《避暑山莊詩意圖》之「曲水荷香圖」

「草房」，正爲重視乾隆帝出生場地之故。

臺灣學者莊練（蘇同炳）〈乾隆出生之謎〉和高陽《清朝的皇帝》書文中，都認同這一說法，甚至於提出李氏名叫金桂，而《實錄》、《玉牒》的鈕祜祿氏是經過竄改的。因爲李金桂「出身微賤」，而旨令鈕祜祿氏收養，於是乾隆之母便成爲鈕祜祿氏。

莊練先生在《中國歷史上最具特色的皇帝》一書中說：「冒鶴亭因爲曾在熱河都統署中作幕賓之故，得聞熱河行宮中所傳述之乾隆帝出生祕辛如此，實在大可以發正史之隱諱。」莊練先生提出了三條史料作爲熱河行宮女子李氏在馬廄產下乾隆帝的旁證：

其一，《清聖祖仁皇帝實錄》卷二四七有一條記載：「康熙五十年七月，皇四子和碩雍親王胤禛赴熱河請安。」莊練認爲：「康熙在這年四月由北京蹕往熱河行宮，胤禛並未隨行，顯然無意使之參加秋狩。然而當七月盛暑之時，胤禛卻專程由北京蹕往熱河『請安』，若不是有極重大的事情需要請命皇帝，應該沒有專程前往『請安』的必要。所以，所謂請安云云，實際上正是官書記載的文飾之詞。因爲以時間推算，乾隆帝之生母此時正大腹便便，臨產在即，康熙帝爲了要確定雍正即爲藍田種玉之人，自必須在發現

之後召訊胤禛面質此事，否則胤禛何以在此時恰有此請安之舉，在時間上如此巧合呢？」莊練認定「《清聖祖實錄》中的這一條記載，殊可爲冒鶴亭的說法提供有力之旁證」。

其二，莊練舉出，「乾隆時曾官御史的管世銘」在其《韞山堂詩集·扈蹕秋狩紀事詩》中有：「慶善祥開華渚虹，降生猶憶舊時宮。年年諱日行香去，獅子園邊感聖衷。」下面注釋云：「獅子園爲皇上降生之地，常於憲廟忌日駐臨。」莊練認爲，此爲冒鶴亭說法之證。

其三，莊練最後一條證據是清代官修的《熱河志》中專門將「草房」記入獅子園中。他認爲：清代官修的《熱河志》記載，熱河行宮有獅子園，乃是康熙時御賜雍正所居之別館，園中有一處房屋，名爲「草房」。爲什麼要將這一處不能登大雅之堂的「草房」列入獅子園裡房屋記載之內呢？顯然，此一草房，正是冒鶴亭所說，當年誕生乾隆帝的「草廠」。

其實，「草房」雖樸陋，卻很有來歷。乾隆帝在乾隆四十九年（1784）臨幸山莊、重遊獅子園時曾賦「草房」詩一首，在「山房昔以草名之，綴景惟期情性怡」下自注云：「園中山房一區，皇考昔以『草房』額之。」由此可見，「草房」的匾額係雍正皇帝御題。

乾隆帝即位後，於乾隆六年（1741）秋獮時，曾去獅子園一遊。此後，便把這座園子賜給了他的弟弟果親王弘曕。因此，有20餘年的光景乾隆帝未去過獅子園，自然，也未再光顧過「草房」。到乾隆三十年（1765）弘曕故世，乾隆皇帝再到獅子園的時候，發現這裡已是「牆裡收燕麥，階前長兔葵」，一片蕭瑟頹廢之狀了，想到此處是舊日皇父所興，又是自己幼時問安讀書之處，不可任其荒落無存，於是命奉宸苑重事修葺。翌年秋，包括「草房」在內的獅子園整修一新，乾隆帝曾來遊觀，並在「草房」小

坐，寫詩一首，題目就是「草堂」，其最後兩句云「小坐旋言去，惟留五字吟」。此後乾隆皇帝每年進駐山莊後十餘日，即乘騎前往獅子園遊覽，每去必往「草房」小憩，並賦詩以志其事，而詩題皆爲「草房」二字。乾隆帝一生留下的「草房」詩有數十首之多，對某一處景點題詠如此之多，實所罕見。在這些詩作中乾隆帝反覆闡述了這樣一個想法：皇父之所以在山岩之上建三間茅屋，並以「草房」額之，不外「綴景」和「示儉」兩種意義。後者如：

> 岩屋三間號草房，樸敦儉示訓垂長。
> 偶來卻愧茨茅者，嵐靄情斯納景光。

總之，雍正帝在獅子園留下的三間草房，確實給後人留下懸疑。《熱河志》把「草房」列入獅子園房屋的記載中，雖說可疑，但無實據。把「草房」附會成當年乾隆帝誕生的「草廠」，多爲臆想，證據不足。

若說乾隆帝生在避暑山莊，他的生日就成了問題；若說乾隆帝生母由李氏竄改爲鈕祜祿氏，《玉牒》又豈能僞造？冒鶴亭的說法，並經莊練、高陽考證出的結論——乾隆帝生母並非鈕祜祿氏，而是熱河行宮宮女李氏——根據似嫌不足，目前難以成立。但他們從乾隆帝生母出身寒微著眼，提出了諸多創見，對深入了解乾隆帝生母疑案可供思考。

那麼，官書是怎樣記載的呢？

二、官書記載

乾隆帝的生母究竟是誰？首先應當查《玉牒》和《實錄》的記載。

其一，《玉牒》記載。《玉牒》就是清朝皇家的家譜。《玉牒》所記，以帝系爲統，長幼爲序。《玉牒》的纂修有嚴密的制度。清朝皇家，分爲「宗室」和「覺羅」兩支。「宗室」即清太祖努爾哈赤的父親塔克世的直系子孫，俗稱「黃帶子」；「覺羅」即塔克世的伯叔兄弟旁系子孫，俗稱「紅帶子」。無論宗室還是覺羅，一旦生有子女，三月報掌管皇族事務的宗人府一次，要寫明其子女出生的年月日時，生母是嫡是庶，姓氏爲何，宗室入黃冊，覺羅入紅冊。如遲誤不報，或報不以實者，要治罪。每過十年，經宗人府題請，由宗令、宗正、滿漢大學士、禮部尙書、侍郎、內閣學士等充當正副總裁官，把黃冊、紅冊所載的子女資料彙入《玉牒》。如有歧義，要由皇帝作裁斷。《玉牒》修成，經皇帝審閱後，繕寫兩部，分別收藏於京師皇史宬和盛京故宮，其底本仍裝幀成峽，由宗人府保存備案。現在可以查到，在中國第一歷史檔案館保存的《玉牒》和生卒紀錄底稿上，都清楚地寫著：

> 世宗憲皇帝（雍正）第四子高宗純皇帝（乾隆），康熙五十年辛卯八月十三日，孝聖憲皇后鈕祜祿氏，凌柱之女，誕生於雍和宮。

就是說，乾隆皇帝的生母是鈕祜祿氏，外祖父是凌柱。

其二，《清世宗憲皇帝實錄》記載。《清實錄》是清朝皇帝一生事功言行、軍國大事的紀錄，按年月日爲序，由下一代皇帝主持纂修。《清世宗憲皇帝實錄》記載：

> 奉皇太后聖母懿旨：側妃年氏，封爲貴妃；側妃李氏，封爲齊妃；格格鈕祜魯氏，封爲熹妃；格格宋氏，封爲懋嬪；格格耿氏，封爲裕嬪。（《清世宗憲

《清實錄》寫本

皇帝實錄》卷四，元年二月甲子十四日）

就是說，雍正帝繼承皇位以後，乾隆帝的生母鈕祜魯氏（即鈕祜祿氏），從品級較低的格格被封為熹妃。

其三，《清史稿·后妃傳》記載。《清史稿》是民國初年設立清史館纂修的紀傳體的清朝史書。《清史稿·后妃傳》記載：

> 孝聖憲皇后，鈕祜魯氏，四品典儀凌柱女。後年十三，事世宗潛邸，號格格。康熙五十年八月庚午（十三），高宗生。雍正中，封熹妃，進封熹貴妃。

從以上《玉牒》、《清世宗憲皇帝實錄》和《清史稿·后妃傳》的記載來看，乾隆皇帝的生母應當是鈕祜祿氏，不存在什麼問題。但是，歷史疑案，依然存在。

三、疑案難解

上面講了三條官方歷史記載，但是檔案、文獻的記載，與官方文獻記載有差異，這就出現乾隆帝生母的歷史疑案。

其一，清宮檔案記載。《雍正朝漢文諭旨彙編》裡收錄的當時檔案的記載，卻不相同：

> 雍正元年二月十四日奉上諭：遵太后聖母諭旨：側福金年氏封為貴妃，側福金李氏封為齊妃，格格錢氏封為熹妃，格格宋氏封為裕嬪，格格耿氏封為懋嬪。該部知道。（《雍正朝漢文諭旨彙編》雍正元年二月十四日）

雍正元年二月十四日，格格錢氏被封為熹妃的上諭。

這正是：「夜半橋頭無孺子，人間猶有未燒書。」雍正帝、乾隆帝、嘉慶帝萬萬沒有想到還有一份宮廷檔案留存在人世，塵封在內閣大庫的檔案裡。

上述重要檔案，中國人民大學清史研究所郭成康教授寫成

〈乾隆皇帝生母及誕生地考〉（載《清史研究》，2003年第4期），對它進行研究。

在這份重要檔案裡，雍正元年（1723）二月十四日被封爲熹妃的，不是格格鈕祜祿氏，而是格格錢氏。

其二，《永憲錄》記載熹妃姓錢。蕭奭於乾隆十七年（1752）寫了一部《永憲錄》，其中卷二雍正元年十二月丁卯（二十二日）記述：

> 雍正元年十二月丁卯，午刻，上御太和殿。遣使冊立中宮那拉氏爲皇后。詔告天下，恩赦有差。封年氏爲貴妃，李氏爲齊妃，錢氏爲熹妃，宋氏爲裕嬪，耿氏爲懋嬪。

蕭奭在這本書中還提出：「齊妃或云即今之崇慶皇太后。俟考。」

上述記載，也是說被封爲熹妃的是錢氏，而不是鈕祜祿氏。但是又說齊妃李氏或云是乾隆帝的生母。

蕭奭寫《永憲錄》，必有所據，或爲廷寄，或爲檔案，亦或其他，就是說在當時就有人對乾隆帝的親生母親是誰提出了懷疑。

從以上五份資料看，乾隆帝的生母出現了三種記載：

第一，鈕祜祿氏，原任四品典儀官、加封一等承恩公凌柱之女。

第二，熹妃錢氏。

第三，齊妃李氏。

這就是當時清朝官方文獻檔案的不同記載。連官方的記載都不一樣，難怪人們對乾隆帝的生母是誰產生了疑惑。這種歷史文獻與檔案記載的差異，可以作如下解釋：

　　第一，熹妃只能有一人。按清宮的規制，冊封皇妃有嚴格的規定，皇妃的封號只能有一個，不能有重名。所以「熹妃」在清朝只能有一人。因此，格格錢氏與格格鈕祜祿氏應當是同一個人。

　　第二，清宮諭旨檔案是當時的第一手資料，《清世宗憲皇帝實錄》是乾隆帝繼位以後修的，《清高宗純皇帝實錄》則是乾隆帝的兒子嘉慶帝修的，都是後來修的，可能對原始資料作竄改，也都不能算是第一手資料。而《玉牒》按十年一修的制度，應當在弘曆（乾隆帝）十歲或十歲以前修，但不排除竄改的可能。

　　第三，雍正元年（1723）八月十七日，正式設立秘密立儲制，指定弘曆為皇太子。他的母親的來歷、出身，總要有個明確的說法。而錢氏出身低微，她從生下弘曆（乾隆帝）到冊封為熹妃，中間12年都是「格格」。其地位遠在嫡福晉、側福晉之下。弘曆（乾隆帝）既然被秘密立儲，將來就是大清的皇帝，而皇帝的母親怎麼能是漢姓呢？她的出身怎麼能不高貴呢？《清世宗憲皇帝實錄》是乾隆時修的，這時乾隆帝已經繼位做了皇帝，這就很有可能將熹妃姓錢氏竄改為姓鈕祜祿氏。可能有內大臣「滿洲鑲黃旗人四品典儀凌柱」將錢氏認作乾女兒，這樣就解決了身分與姓氏的難題。

　　現在看來，所謂乾隆帝是宮女、醜女生在避暑山莊草棚裡的傳說，以及是陳閣老兒子的傳說，都是街談巷語、八卦流言，完全站不住腳。關於乾隆帝的身世，不管後人如何猜疑，提出這樣那樣的說法，作為傳說和野史，寫進小說，拍成電影，編成電視劇，都具傳奇性，也有故事性。但在沒有其他確鑿證據之前，我們只能以《實錄》和《玉牒》的記載作為依據。不過，雍正檔案與雍正實錄中，熹妃是姓錢氏還是姓鈕祜祿氏？錢氏和鈕祜祿氏是同一人還是兩個人？「齊妃或云即今之崇慶皇太后」怎樣解釋？至今仍是一個歷史的疑案。

　　總之，乾隆帝的生母是誰？現在仍是一樁歷史疑案。

相關推薦書目

(1) 孟森，《海寧陳家》，《明清史論著集刊》（中華書局，2006）。

(2) 周遠廉，《乾隆皇帝大傳》（河南人民出版社，1990）。

(3) 《雍正朝漢文諭旨彙編》（廣西師範大學出版社，1999）。

(4) 陳捷先，《乾隆寫真》（遠流出版公司，2002）。

(5) 白新良，《乾隆皇帝傳》（百花文藝出版社，2004）。

(6) 郭成康，《乾隆正傳》（中央編譯出版社，2006）。

(7) 閻崇年，《正說清朝十二帝》（增訂圖文本）（中華書局，2006）。

第九講
嘉慶兩遭凶險

嘉慶帝朝服像

　　嘉慶皇帝，名顒琰，屬龍，乾隆帝第十五子，37歲登極，在位25年，享年61歲。廟號仁宗，諡號睿皇帝。

　　嘉慶皇帝的一生，既有幸，也不幸。

　　說他有幸，是因為他在乾隆皇帝17個兒子中居然能脫穎而出，最終登上皇帝的寶座。他的祖父雍親王的謀臣曾說過一句名言：「處英明之父子也，不露其長，恐其見棄，過露其長，恐其見疑，此其所以為難。」嘉慶帝的父親乾隆皇帝可以說是英明、聰明、高明的君主，作為這樣君主的兒子是很難的。顯山露水，恐其見疑；沉默寡言，恐其見棄。顒琰能得到父皇的認可，繼承皇位，可以說是他的大幸。

　　說他不幸，主要有三：

　　其一，繼位不順。顒琰繼承皇位，過程曲折複雜。乾隆帝起初要立嫡立長，嫡后富察氏所生的兩個兒子——二阿哥永璉與七阿哥永琮為屬意人選，但這兩位皇子福小命薄，都在未成年時夭折。其他如大阿哥永璜，已病死；三阿哥永璋，因皇后富察氏死後無「哀慕之情」而遭申斥，後死去；四阿哥永珹，雖善詩文，但好酒、足殘，被過繼出去；五阿哥永琪，已死；六阿哥永瑢，曾領修《四庫全書》，任總管內務府大臣，但被過繼出去；八阿哥永璇，因貪酒色，又糊塗，如辦《聖訓》誤刻廟諱，受處罰；九阿哥和十阿哥未命名，早殤；十一阿哥永瑆才華出眾，書法極精（書裕陵碑文），但與十二阿哥永璂是廢后那拉氏（以剪髮忤旨）所生，失去當繼承人的資格；十三阿哥永璟，3歲殤；十四阿哥永璐與顒琰同母，也4歲殤；而比嘉慶年少的十六弟，未命名，即早殤；十七弟永璘「喜音樂、好遊嬉」，秘密立儲時才7歲，年齡過小，也不得立儲。直到乾隆三十八年（1773），乾隆皇帝63歲時，才密立顒琰為儲君——他「治默持重」，喜怒不形於色，自幼喜讀書，「日居書屋，惟究心治法源流，古今得失，寒暑無

間」，雖平庸守成，卻忠厚可信，因此被乾隆帝指定爲皇位繼承人。

其二，生不逢時。顒琰剛一登上皇帝寶座，中原就發生白蓮教烽火。縱橫川、楚、陝、豫、甘五省，歷時九年，耗銀二萬萬兩（相當於戶部五年財政收入），雖最終平息，卻大傷元氣。

其三，兩遇凶險。下面就詳細介紹一下嘉慶帝在位期間遇到的這兩次突發事件。

一、大內遇刺

嘉慶八年（1803），嘉慶帝在皇宮內遭遇陳德犯駕行刺的突發事件。這在明清500年紫禁城宮廷史上，空前絕後。

事情經過是這樣的：嘉慶八年（1803）閏二月二十二日，爲嘉慶帝顒琰到先農壇親耕耤田日。所謂親耕耤田，就是爲表示皇帝重視農耕而舉行的一種儀式。嘉慶帝於本月二十日自圓明園回宮齋戒。這一天，陳德帶著年僅15歲的長子陳祿兒，進入東華門，繞到神武門，潛伏在順貞門外西廂房山牆後，等待嘉慶帝鑾輿的到來。嘉慶帝一行，從圓明園回皇宮，乘輿進入神武門後，剛要進順貞門時，陳德由西大房後面跑出，手持小刀，衝向乘輿。這突如其來的襲擊，嚇得守衛神武門、順貞門之間的侍衛百餘人，神情惶愕，呆若木雞，竟然沒有人上前攔阻、抓捕。緊急之時，只有定親王、御前大臣綿恩（顒琰之姪）首先奮力推卻；繼是固倫額駙、乾清門侍衛、喀爾喀親王拉旺多爾濟（顒琰的七姐夫），乾清門侍衛、喀喇沁公丹巴多爾濟，御前侍衛扎克塔爾等六人尚屬鎮定，機智勇敢，衝前捉拿。嘉慶帝的乘輿，迅速進入順貞門內。經過一番搏鬥，綿恩的衣服被刺破，丹巴多爾濟身上被刺傷三處。陳德奮力搏鬥，但寡不敵眾，被捉拿。陳德長子祿兒，則乘亂溜走回家，後

神武門（1900年）

　　來被捕。嘉慶帝本人雖然沒有受傷，但在大內被人行刺，受到驚嚇。這一事件對宮廷來說，如同一場政治地震，驚動朝野，人心惶惶。

　　陳德是何許人？陳德，47歲，北京人，父陳良，母曹氏，曾典與鑲黃旗、山東青州府海防同知松年家做奴僕。從小隨父親在山東一帶為奴。松年故去後，陳德從14歲開始，跟隨父母在青州、濟南等地給人服役，或做傭工，辛勞度日，勉強餬口，多次失業，幾易雇主。陳德22歲娶妻，29歲喪母，30歲喪父。他在父母雙亡後，攜岳母、妻子到北京，投靠到堂姐夫、內務府正白旗護軍姜六格家。陳德先後在侍衛、宗室僧額布家，內務府造辦處于姓家傭役。他的大兒子祿兒15歲，給崔家當雇工，小兒子對兒13歲無事。他後跟內務府一個管奴僕的鑲黃旗包衣常索，在內務府當雜役，出入宮中。陳德在內務府服役時，幫辦配送誠妃劉佳氏的碗盞等器物。這位劉佳氏是一位資深的妃子，早在顒琰做皇子時，就在潛邸服侍。顒琰做了皇帝，她被冊立為妃，後來被進封為誠貴妃。在嘉慶朝，除兩位皇后外，冊封為皇貴妃的，只有劉佳氏

一人。陳德因給貴妃跑腿，而得以進出紫禁城、圓明園，了解一些宮內情況。後他同妻子一起，被典與孟明家當廚役。嘉慶八年（1803）二月，陳德的妻子張氏病故，他又被孟家解雇，斷了生活出路，在一個看街的老友家暫時借住。陳德貧窮苦悶，「時常喝酒，在院歌唱哭笑」。他生活在社會底層，作為奴僕，跟官服役，飽嘗人間辛酸，受盡權貴欺凌。陳德看到貴族的豪奢生活和皇室的窮奢極欲，體察到人間不平，激發起反抗情緒。陳德於「實在窮苦難過，要尋死路」之時，求籤說有「朝廷福份」。嘉慶八年（1803）閏二月十六日，陳德在街上看到黃土墊道，聽說嘉慶帝將於二十日進宮，心想：「犯了驚駕之罪，必將我亂刀剁死，圖個痛快，也死個明白。」由是，便發生上述行刺事件。

　　陳德「犯駕」動機何在？背後指使者是誰？嘉慶帝命對陳德嚴加審訊。嘉慶帝先命軍機大臣等，會同刑部尚書，對陳德進行初審。但是，陳德「所供情節，出乎意料」，就是拒不招供其背後的指使者。嘉慶帝又加派滿、漢大學士和六部尚書等對陳德進行會審。在審訊過程中，對陳德施盡酷刑，逼供、誘供，諸如「徹夜熬審」、「擰耳跪煉」，以至「掌嘴板責」、「刑夾押棍」等。陳德雖「備受諸刑」，卻是「仍如前供」，且始終如一，「矢口不移」。經過幾個晝夜的嚴刑審訊，陳德沒有吐露其指使者及同謀者。無奈之下，嘉慶帝命九卿科道等對陳德再進行會審。

　　陳德招供：我就是因生活無路，一家老少，沒有依靠，實在情急，要求死路。我又想，自尋短見，無人知道，豈不是死。聽說皇上今日進宮，我就同祿兒進東華門，從西夾道走到神武門，混在人群裡，看見皇上到了，我持小刀，往前一跑。原想我犯了驚駕的罪，當下必定亂刀剁死，圖個痛快，也死個明白，實在沒有別的緣故，也沒有別人主使。所說是實。

　　最後定陳德「罪大惡極」，先受諸刑，再行磔死。於二十四

日，先將陳德的長子祿兒（15歲）、次子對兒（13歲）絞死，又將陳德凌遲處死。有學者認為陳德是林清黨人，但證據不足。陳德事件可能屬於個案，卻是社會矛盾的一個縮影。

嘉慶帝對陳德事件做了善後處理。

第一，獎勵有功官員。賞定親王綿恩、額駙拉旺多爾濟御用補褂，封綿恩子奕紹為貝子，拉旺多爾濟為貝勒、在御前行走，御前侍衛扎克塔爾世襲三等男，珠爾杭阿、桑吉斯塔爾均世襲騎都尉。這種獎勵，對救駕之功來說，實屬太薄。

第二，懲罰失職官員。革去阿哈保、蘇沖阿護軍統領、副都統職務，其餘護軍章京等，罰降有差。

第三，擴大防禦範圍。除紫禁城外，駐蹕圓明園、臨幸西苑、巡幸熱河、行圍木蘭等各處行在，其防衛同宮城無異。

第四，修改宮禁制度。由御前大臣、軍機大臣、領侍衛內大臣等奏定章程29條。

採取了以上幾項措施後，宮禁略有改進。

有人問：宮廷警衛不是很嚴嗎？陳德怎麼會混進紫禁城呢？下面我簡單介紹一下清宮禁衛制度。

二、宮禁制度

清朝的防衛，分京師八旗與駐防八旗。京師八旗主要負責京畿地區，駐防八旗主要分駐要地（如杭州、福州、成都、西安等）。京師禁衛之要，重在宮廷禁衛。清朝宮廷禁衛，制度非常嚴密。禁衛兵分為兩種：郎衛和兵衛。郎衛是由領侍衛內大臣六人（鑲黃、正黃、正白旗各二人）、內大臣六人等組成。郎衛親軍選自上三旗（鑲黃、正黃、正白）中才武出眾的子弟，其優秀者提拔為御前侍衛、乾清門侍衛等，統屬於領侍衛內大臣。領侍衛內大臣

爲正一品，內大臣爲從一品。郎衛負責御前侍衛，包括乾清宮、殿廷、扈從等護衛。這是內班。宿衛太和門等外廷警衛稱爲外班。兵衛由護軍等組成，守衛京城內九門、外七門，以及皇帝駐蹕等周邊保衛。包括巡捕營、護軍營、步軍營、健銳營、內火器營、外火器營、神機營、前鋒營、驍騎營等。咸豐時達到15萬人。禁衛嚴密，環拱宿衛，分班輪值，各負其責。

　　以下對宮門禁衛略作介紹，包括啓閉、鎖鑰、傳籌、門守、門禁、腰牌、合符等具體制度。

　　啓閉：凡皇帝出入，各門開中門。宮門每天日沒後關門，由景運門直宿司鑰長及有關官員分頭負責，以次查驗各門的門鎖。然後由各門護軍校將鑰匙彙交於景運門司鑰長，司鑰長驗收後貯於小箱內，並加鎖。次晨天明，各門開啓。

《欽定宮中現行則例》（嘉慶武英殿刻本）

宮中的大鎖

　　鎖鑰：禁城門的出入，每門設司鑰長（管鎖門、開門）、閱門籍護軍（出入先報名冊，進行查閱）。紫禁城外周圍，則以下五旗護軍，分定界址，輪番值宿。總屬於景運門值班統領稽察。

　　傳籌：護軍以一籌進行傳遞，作爲檢查值班的標誌，如某處無人侍值或睡熟，則此籌件不能下傳。紫禁城內，五籌遞傳。每晚自景運門發籌，西行過乾清門，出隆宗門，向北過啓祥門，再向西過凝華門，北拐過中正殿後門，至西北隅，再向東過西北門、順貞門、吉祥門，至東北隅，向南過蒼震門，至東南隅，向西還至景運門，共經12處，爲1周。紫禁城外，八籌遞傳。每晚自闕左門發籌，西行過午門，出闕右門，循城而西、而北，經西華門，再向北至西北隅，向東過神武門，再東至東北隅，向南至東華門，再南循牆而西，仍回至闕左門，爲1周。駐蹕行營內外，傳籌大致如此。

　　門守：紫禁城各門及宮內主要之門，每門及值房，各設弓箭、撒袋、長槍守門，值房官兵，並佩腰刀。另以護軍二人，手執紅棒坐守。親王以下出入均不起立，有擅入者，以紅棒打之。凡官員上朝，輿、騎至下馬碑則止。惟貝子以上可乘馬入。入東華門者至箭亭旁下馬，入西華門者至內務府前下馬。另有特旨許紫禁城內騎馬者，如年老者、特許者也可乘馬入，但必須至箭亭或內務府前下馬。

　　門禁：王公、百官、執事人員等，不得擅自出入紫禁城門。獲准按規定的門出入者，由值班官軍詢明後放進。如有無故混入或

隨便帶人進入者，分別議處。各衙門大臣官吏，規定均於午門的左門出入，宗室王公等由午門的右門出入。進入內廷者，領侍衛內大臣、散秩大臣、侍衛、侍衛處之主事及筆帖式、軍機章京、內閣、六部、提督衙門、理藩院、上駟院、武備院、奉宸苑、鑾儀衛等人員由景運門或隆宗門出入。宗人府王公司員、八旗、都察院科道、翰詹、各部院衙門值日引見官員，由後左門出入，內務府各庫官員等由後右門出入。其內大臣、侍衛、內務府等官，及內廷有執事官與內府各執事工役等，凡批准由某禁門行走者，均將姓名及所屬旗籍，分佐領、內管領造冊，咨送於經由之門。官物出入禁門，須交驗單放行。

　　腰牌：腰牌為火烙印木製的木牌，因繫在腰上而得名。相當於現代掛在脖子上的胸牌。凡內閣、內務府及內廷行走各處供事的書吏、蘇拉（雜役）、皂隸（各衙門差役）、茶役、廚役、匠役、演戲人員等，需經常出入宮廷者，皆由內務府發給腰牌，上面寫有年代、所屬衙門、姓名、年齡、相貌特徵及編號等，為出入符驗（憑證）。護軍識字者專驗門籍，稽查出入。不戴腰牌者不准放入。腰牌每三年更換一次，差事有變動者隨時更換。

　　合符：合符為銅鍍金質，鑄陰、陽文篆書「聖旨」二字，背

合符

面爲龍紋。凡中夜有旨，須出禁城門者，須持陽文合符，經查驗與陰文合符，符合無誤後，才開門放行。景運門、隆宗門、東華門、西華門、神武門各存陰文合符，以陽文合符存於大內。如夜間奉旨差遣或有緊急軍務，須開門時，由大內持出陽文合符，護軍參領以陰文合符照驗，相符即開門，並報值班統領。其蒼震門、啓祥門等，遇陽文合符時，護軍參領即報統領，親攜陰文合符，與陽文合符後，方可開門，次日奏報。

應當說皇宮門禁很嚴，但陳德還是混進紫禁城裡。原因很簡單，不是制度不嚴密，而是執行有疏漏。嘉慶帝針對宮廷禁衛的疏漏，採取了一些措施。但這種頭痛醫頭、腳痛醫腳的辦法，只能治標，不能治本。

「冰凍三尺，非一日之寒」。陳德行刺嘉慶帝事件雖屬個案，但蘊涵著嘉慶朝的嚴重社會危機。如果說陳德行刺嘉慶帝屬個人反抗行爲的話，那麼天理教眾攻入宮城，則屬有預謀、有組織、有策劃、有兵器的社會性暴力行爲。

三、皇宮驚變

嘉慶帝處理完陳德突發事件十年後，又發生天理教眾攻入紫禁城的更爲嚴重的皇宮驚變。

先是，嘉慶十八年（1813），嘉慶帝秋獮木蘭，原定進哨以後，行十三圍，但因持續陰雨，「溪水驟溢，沙漬泥淖，人馬皆不得前」，僅行五圍，便於九月初一日，下令減圍出哨，自避暑山莊返回北京。嘉慶帝令皇二子旻寧等先行回京，他隨後回鑾。嘉慶帝在歸途中，接到奏報：天理教在滑縣滋事：「滑縣已失，縣官被戕。」爲此，嘉慶帝在當天連發數諭，調兵遣將，進行堵剿。各方大員在接旨後，加意防範堵截。嘉慶十八年（1813）九月十五

日，嘉慶帝正駐蹕在丫髻山行宮。這一天，紫禁城內發生震撼宮廷的大事變。

這起皇宮驚變是怎樣發生的呢？它的根源是天理教的傳播與流行。事變經過要先從天理教說起。

天理教屬於白蓮教支派，是京畿大興縣人林清和河南滑縣人李文成等，將分散在京畿的紅陽教、白陽教、坎卦教等，同直、魯、豫就是今河北、山東、河南三省交界地區，以震、離二卦爲核心的八卦教，聯合組成的一個民間秘密宗教組織。天理教的教民多是貧苦農民和手工業者，也有少量的中農和下層官吏。天理教的教眾很多，

林清像

僅北京黃村一帶，就有一萬餘家。在天理教起事之前，其首腦林清、李文成等編造「單等北水歸漢帝，大地乾坤只一傳」和「若要紅花開，需要嚴霜來」等讖語，製造輿論，蠱惑群眾。讖語是巫師迷信的說法，爲將來會應驗的隱語。林清又稱劉林，前一句讖語的意思是：漢帝姓劉，暗示「北水歸漢」、「乾坤傳劉」，就是姓劉的要坐天下；「嚴霜」爲李文成的暗號，後一句讖語的意思是：暗示李文成來，紅花便開。他們揚言：星象示變，要動干戈，爲起事造「天意」依據。

嘉慶十七年（1812）正月，各地天理教首腦聚會於河南滑縣道口鎮，決定「應在酉之年，戌之月，寅之日，午之時起事」，就是

嘉慶十八年（1813）九月十五日午時起事。會後，李文成到北京會見林清。林清是北京大興縣宋家莊人。他們約定：李文成先在滑縣舉事，河南、山東、直隸同時揭竿而起，共同進逼京畿；林清則在京師城內回應，與李文成的教眾裡應外合，奪取京城。

嘉慶十八年（1813）八月底九月初，滑縣天理教徒在大伾山中打造器械，被知縣強克捷偵知，將李文成等逮捕入獄。爲營救李文成，天理教眾提前於九月初七日起事。這一天，天理教眾5000多人，頭纏白布，身著白衣，攻占滑縣城，殺死縣令強克捷，救出教首李文成。李文成在滑縣衙署內設羽帳，豎大旗，上書「大明天順李眞主」。他們攻下附近軍事據點道口鎮等，因清軍堵截攔阻，隊伍未能迅速北上。而林清在北京大興，對李文成提前舉事的消息一無所知，仍按原計畫，進攻紫禁城。

時滿洲正黃旗漢軍曹福昌已投靠林清，他透露嘉慶帝將於十七日返抵白澗行宮，到時留京大臣出城迎駕；是日乘虛而發，成功把握較大。但林清認爲九月十五日的舉事日期爲「天定」，不宜更改。於是決定：如期舉事，攻打皇宮。最初打算派出數百人，但內應太監認爲「禁中不廣，難容多人」，並恃天理教眾有「神術」，可以獲勝。林清倚恃內應太監熟悉宮禁，決定派200人，分作東西兩隊，太監王得祿、閻進喜則居中應援。他們約定以「白帕」爲標誌，在十四日，化裝成小商販等，各備兵器混雜於酒肆、行商中，分別在菜市口、珠市口、鮮魚口等處會齊，待十五日午時，即向皇宮發動進攻。林清則坐鎮大興黃村指揮。

十五日，早晨，林清派出天理教眾，約定分頭行進，由宣武門潛入，然後200多名天理教眾，分成東、西兩隊，喬裝改扮，潛伏在東華門、西華門外。午時一到，由宮內太監接應，開始攻奪皇宮大門——東華門與西華門。

東華門一路。攻打東華門的一支，由陳爽帶領，劉呈祥押

東華門

後，太監劉得財、劉金爲嚮導內應。他們快要攻進東華門時，有賣煤的人爭道，有人暴露了兵器，被守門官兵察覺，門衛關閉了城門。結果僅有陳爽等少數人闖入東華門內，其餘都逃逸。署護軍統領楊述率領護軍，禦天理教眾於協和門下，殺死數人，有的教民則衝到內廷的側門蒼震門。

　　西華門一路。攻打西華門的一支，陳文魁居首，劉永泰押後，太監張太、楊進忠、高廣福爲嚮導內應。太監王福祿、閻進喜在內接應。他們率領50餘人，全隊進入西華門。爾後，他們反關西華門，以防清護軍進來。陳文魁等天理教眾，邊進邊戰，殺死守衛數人，由尙衣監、文穎館，衝進到隆宗門外。由於時間耽擱，護軍得到警報，關閉了隆宗門。雙方激戰在隆宗門外。天理教眾由隆宗門外小房，登上高牆，窺視大內。這時，有幾名天理教眾，由廊房越牆，衝向養心殿。正在上書房讀書的諸皇子聞變，皇次子旻寧

（即後來的道光帝）「急命進撒袋、鳥銃、腰刀，飭太監登垣以望」。有的教民手舉白旗，攀牆登殿，近養心門。旻寧立於養心殿下，「發鳥銃殪之，再發再殪」，以鳥槍擊斃牆上二人。皇三子綿愷，緊隨皇兄旻寧之後，衝到蒼震門，也發槍射擊。留京的禮親王昭槤、儀親王永璇、成親王永瑆等，聞警後「急率禁兵，自神武門入衛」。時諸王公大臣已從神武門急入，聚集在紫禁城西北角的城隍廟前。隨後火器營的1000多人也調入紫禁城。正當天理教眾準備放火焚燒隆宗門時，火器營官兵趕來阻擊天理教眾。

天理教眾以幾十個人的短小兵器，去對付強大的護軍，又有諸王大臣督戰，自然必敗無疑。最後教眾退到武英殿前，寡難敵眾，或遭擒或被殺，無一倖免。後經過一番搜索，內應太監七人也全被擒獲。

在紫禁城裡潛藏的天理教眾，熬過一夜。第二天清晨，又下了一場雷陣雨。天理教徒，飢無可食，渴無可飲，夜不可歇，神不得寧。他們熬過兩晝夜，直到十七日，才被搜查出最後的十幾人，但沒有一個主動投降的。

此時的紫禁城內，一片混亂，甚至鎮國公永玉、護軍統領石齡等，竟要準備車輛逃跑。翰林院編修陶鼎卿遇襲，僕人駱升以身遮擋，駱升被砍幾刀，陶鼎卿才保住了性命。他後藏於櫃中，到十八日才被發現。

十七日晨，清廷派番役到南苑黃村西宋家莊林清家中，佯稱：城中事已有成，奉相公命，延請入朝。林清信以為真，繼而被誘捕。朝廷又派人逮捕了林清家屬和太監劉得財、劉金等。至此，天理教眾進攻皇宮的行動失敗。嘉慶十八年（1813）是癸酉年，這一事件又稱為「癸酉之變」。

此時的嘉慶帝呢？他在丫髻山行宮，於十六日獲得皇宮驚變的急報，派吏部尚書英和，先行回京處理善後事宜。嘉慶帝隨後返

京。

十八日，嘉慶帝命大臣起草〈罪己詔〉。十九日，當他路經京東燕郊時，傳聞「有賊三千，直犯御營」，扈從大臣、兵丁都嚇得面如土色。嘉慶帝此時強作鎮靜，說：「不必驚懼。俟賊果至，汝等效力禦之，朕立馬觀之可也！」事後證明，這是謠傳，一場虛驚。他當天回到北京，諸王大臣等迎駕於朝陽門內。嘉慶帝非常感慨，眾大臣也都嗚咽痛哭。

二十三日，嘉慶帝在西苑（今中南海）豐澤園，親自審訊林清和太監劉得財、劉金等人。廷訊開始，命先將劉得財、劉金二人帶來，斥問為何「萌此逆謀」，將二人夾打後處決。接著提審林清。林清在重刑之下，承認此次進攻紫禁城之目的，就是要把皇帝趕回關東。嘉慶帝老羞成怒，命將林清凌遲處死，並將其首級送到直、魯、豫地區示眾。此後，嘉慶帝派兵火燒起義據點大興縣宋家莊，林清的姐姐、妻子，按律緣坐，均被處決。嘉慶帝再三嚴令對其他被捕者，嚴加審訊。在審訊中，施用了各種酷刑。最後，嘉慶帝命將被捕者及其家屬共300多人，或處死，或流放，或為奴。他們的房屋、土地、財產被抄沒，分賞給八旗官兵。後又在太監中進行了嚴格地清理，對相關太監或發往黑龍江給官員為奴，或撥給親王、郡王名下管束使用。

這次事件使清朝皇帝第一次認識到自入關170年來，大清的江山社稷發生了危機。嘉慶帝回宮後頒布〈罪己詔〉，聲言要把與事者斬盡殺絕。

嘉慶帝派陝甘總督那彥成為欽差大臣，率兵前往滑縣等地追剿；又採取了分化瓦解政策——下令對起義地區蠲免錢糧，賑濟災民，區別首從，教徒不究。在「剿撫兼施」的政策下，直、魯兩地天理教軍主力，僅兩個月，基本瓦解。

嘉慶帝遭遇紫禁城兩變後，為吸取教訓，防患於未然，決定

加強京師特別是紫禁城的防衛措施：嚴密保甲法；搜繳了1000本「奸盜邪淫」書籍，披閱後於殿廷燒毀；對太監嚴加管束，禁止隨便出入紫禁城；不准八旗宗室、旗人居住城外；在京師城內及紫禁城、圓明園增設哨卡，添置、整修防禦工事和設備；增加駐防軍隊；嚴格紫禁城內值班王大臣的交接班制度等等。

　　九月十七日，嘉慶帝自白澗回蹕燕郊，特頒〈遇變罪己詔〉。其大意說：

因循疲玩論發酉之變因循疲玩釀成也詔勅論說幾及百篇碌碌批奏摺更不能數計也大旨願內外臣工痛改此四字不存於中銳意任事出處語嘿動作形容勇決敢為毫無遲滯漸

進於治矣果能正直辦公任勞任怨以實心行實政國爾忘家公爾忘私懷保良民懲慮邪僻天下未有不治者也奈畏首畏尾患得患失私念盛而良心蔽重功名而輕朝廷懈弛存心悠

平定天理教起義後，嘉慶皇帝所書寄語〈聖謨定保〉（局部）。

猝於九月十五日，變生肘腋，禍起蕭牆，天理教逆
匪，犯禁門、入大內。大內平定，實皇次子之力也。
我大清國一百七十年以來，定鼎燕京，列祖列宗，深
仁厚澤。朕雖未能仰紹愛民之實政，亦無害民之虐
事。突遭此變，實不可解。總緣德涼愆積，唯自責
耳！然變起一時，禍積有日。當今大弊，在因、循、
怠、玩四字，實中外之所同。朕雖再三告誡，舌敝唇
焦，奈諸臣未能領會，悠忽為政，以致釀成漢、唐、
宋、明未有之事，較之明季梃擊一案，何啻倍蓰！思
及此，實不忍再言矣。予唯返躬修省，改過正心，上
答天慈，下釋民怨。諸臣若願為大清國之忠良，則當
赤心為國，匡朕之咎，移民之俗；若自甘卑鄙，則當
掛冠致仕，了此一身，切勿尸祿保位，益增朕罪。
筆隨淚灑，通諭知之。（《清仁宗睿皇帝實錄》卷
二七四）

對嘉慶帝的〈罪己詔〉，可作幾點分析：

第一，態度尚好。嘉慶帝這個人，遇到大的事變，總是反省
自己。不像有的人，文過而飾非，功勞歸己，過錯責人。甚至不
惜偽造文件，表明聖上一貫正確。他說，遭此突變，總緣「德涼
愆積，唯自責耳」。又說：「予唯返躬修省，改過正心，上答天
慈，下釋民怨。」這話不管是做樣子也好，真心實意也好，總算表
了個態，做了自我批評。

第二，表彰功者。事變後次日，封皇二子旻寧為智親王。他
說：「旻寧係內廷皇子，在上書房讀書，一聞有警，自用槍擊斃二
賊，餘賊始紛紛潛匿不敢上牆，實屬有膽有識。朕垂淚覽之，可嘉
之至，筆不能宣。宮廷內地，奉有祖考神御，皇后亦在宮中。旻

寧身先捍禦，護保安全，實屬忠孝兼備，著加恩封爲智親王。」
（《清仁宗睿皇帝實錄》卷二七四）

第三，批評臣工。他說：「當今大弊，在因、循、怠、玩四字。」這四個字——因上、循舊、怠惰、玩職，道出當時官場的普遍現象。解決的辦法，要麼「赤心報國」，要麼「掛冠致仕」，而不要尸位素餐，誤國誤民。

第四，筆隨淚下。天理教眾，手無寸鐵，200餘人，攻入禁城。他說：這是大清國170年以來，也是漢、唐、宋、明以來所未有之事。並爲此而「筆隨淚灑」，眞是動了心！但是，作爲一個政治家，在重大事變面前，哭天抹淚，不算英雄。要在有氣魄、有格局、有毅力、有辦法，勇於克服積弊，敢於進行改革。可惜，「平庸守成」四個字，決定嘉慶帝做不出驚天動地的事業。

第五，心有餘悸。嘉慶帝遭遇天理教徒之變時54歲。這年，他連生日也沒有心思過了。他說：「十月初六日，爲朕壽辰，國家典禮，自初三日，至初九日，俱穿蟒袍補褂，正日御正大光明殿受賀，此定例也。今歲突遇此禍，若仍照常年典禮而行，朕實無顏受賀，況軍書交馳，邪氛未靖，尚有何心宴樂乎！……向年俱進如意，即日回賞，原上下聯情之意耳！今遇大不如意之事，豈可復行呈進。朕不見此物，轉覺心安；見物思名，益增煩悶矣！」
（《清仁宗睿皇帝實錄》卷二七五）

第六，見微知著。嘉慶帝直至他臨終的前一年（嘉慶二十四年），還在大臣的奏摺中硃批道：「有天良之大臣，永不忘十八年之變。喪盡天良之輩，早已付之雲煙之外！」

但是，嘉慶帝究竟汲取了什麼歷史教訓呢？沒有！沒有從根本上敬畏歷史，牢記教訓，從而加速一個歷史趨勢——江河日下，社稷日危！

相關推薦書目

(1)（清）昭槤，《嘯亭雜錄》（中華書局，1980）。

(2)關文發，《嘉慶帝》（吉林文史出版社，1993）。

(3)張玉芬，《嘉慶道光評傳》（遼寧大學出版社，1991）。

(4)萬依主編，《故宮辭典》（文滙出版社，1996）。

第十講
光緒皇帝之死

光緒皇帝朝服像

　　光緒三十四年十月二十一日（1908年11月14日）酉時（17-19時），光緒皇帝死於西苑（今中南海）瀛台的涵元殿。第二天未時（13-15時），慈禧太后在西苑儀鸞殿病死。人們疑問：光緒皇帝與慈禧太后的死亡時間僅相差20小時，這是人為，還是巧合？光緒皇帝之死，是自然病死，還是被人害死？這是一樁歷史疑案。

一、正常病死說

　　主張光緒皇帝正常病死者，主要依據是：

　　第一，官書記載。《清德宗景皇帝實錄》、《光緒朝東華錄》、《清史稿·德宗本紀》等官書，都記載光緒帝是正常病死：

> 上疾大漸，酉刻，崩於瀛台之涵元殿。（《清德宗景皇帝實錄》卷五七九）
>
> 上疾大漸，酉刻，崩。（《清光緒朝東華錄》，光緒三十四年十月癸酉）
>
> 癸酉（二十一日），上疾大漸，崩於瀛台涵元殿，年三十有八。（《清史稿》卷二四，〈德宗本紀二〉）

　　以上，都說光緒皇帝病重而死，是自然死亡。

　　第二，久病難醫。光緒帝長期身體不好，久病難醫，因而病死。在光緒二十四年（1898）前，光緒帝身體多病，但尚能維持。此後，他的身體狀況急轉直下，即使雲集天下名醫來京會診，光緒帝的病依然有增無減。因為：其一，這一年發生戊戌政變，他開始了從帝王到囚徒的生活。他夜間失眠，氣不舒暢，神煩心悸，健康日差。其二，珍妃被害，孤苦難當。在《宮女訪談錄》中記載：「在逃亡的路上，我看到了光緒，眼睛像死羊一

瀛台涵元殿

樣，呆呆的！」從此以後，光緒帝的病，日益加重，直至病故。

第三，私人記述。光緒三十三年（1907）七月十六日，江蘇名醫杜鐘駿為光緒帝診病後，在其所著《德宗請脈記》中，記載了他為光緒帝診病經過以及光緒帝臨終前的病狀。他看過光緒帝的病症說：我此次進京，以為能治好皇上的病，博得微名。今天看來，徒勞無益，不求有功，只求無錯。他在著述中認為光緒帝屬於正常死亡。

第四，檔案記載。兩份檔案材料提供光緒帝的死因。

其一，光緒帝〈病案〉（〈脈案〉）。光緒帝37歲時的〈病案〉，記載了他從小身體虛弱和病情發展，資料翔實且私密：

> 遺精之病將二十年，前數年每月必發十數次；近數年每月不過二三次，……冬天較甚。近數年遺泄較少者，並非較愈，乃係腎經虧損太甚，無力發洩之故。……腿膝足踝永遠發涼，稍感風涼心頭疼體痠，夜間蓋被須極嚴密。

　　光緒十年（1884）、十二年（1886）的脈案還記載，光緒帝經常患感冒及脾胃病，經常服用湯藥、丸藥。可見光緒帝在二、三十歲的青壯年時期，身體衰弱、多病纏身。

　　光緒三十四年（1908）三月初九日，〈脈案〉記載：皇上肝腎陰虛、脾陽不足、氣血虧損、病勢嚴重。在治療上不論是寒涼藥，還是溫燥藥都不能用，處於無藥可用的地步。宮中御醫們束手無策。五月初十〈脈案〉記載：調理多時，全無寸效。九月〈脈案〉記載：病狀更加複雜多變，臟腑功能已經失調。十月十七日，三名御醫會診〈脈案〉記載：光緒帝的病情，極度虛弱，元氣大傷，病情危重，出現心肺衰竭症狀。十月二十日，光緒帝的〈脈案〉記載：夜裡，光緒帝開始進入彌留狀態，肢體發冷、白眼上翻、牙關緊閉、神志昏迷。二十一日〈脈案〉記載：光緒帝的脈搏似有似無，眼睛直視，張口倒氣。傍晚，光緒帝死。

　　其二，光緒帝醫藥檔案。中國第一歷史檔案館公開了珍藏的歷代清宮醫案，有關光緒帝的脈案十分齊全，特別是他臨終前半年病情加重的時段，診斷紀錄和服藥經過尤為完整。光緒三十四年十月二十一日子刻，光緒帝進入彌留狀態。御醫張仲元等人診得：「皇上脈如絲欲絕。肢冷，氣險，二目上翻，神識已迷，牙齒緊

光緒皇帝用藥底簿

閉，勢已將脫。謹擬生脈飲，以盡血忱；人參一錢、麥多三錢、五味子一錢。水煎灌服。」隨後，又經御醫多方努力，卻無力回天。

　　第五，學者觀點。 有學者根據清宮醫案記載認為：光緒帝從開始病重，一直到臨終，病狀逐漸加劇，既沒有中毒的跡象，也沒有暴死的症象，病死之因，屬於正常。從現代醫學角度來看，光緒帝患有嚴重的神經官能症、關節炎和骨結核等疾病。這是導致光緒帝壯年死亡的直接病因。光緒帝的御醫六人，每日一人輪診，各抒己見，治法不一，也耽誤了醫治。「光緒帝自病重至臨終之時，其症狀變化，屬進行性加劇，而無特殊或異常症狀出現。其臨終時的症候表現，乃是病情惡化之結果。因之，光緒帝是死於疾病」（《從清宮醫案論光緒載湉之死》）。

　　與以上光緒帝「正常病死說」相反，有人提出光緒帝「被人害死說」。

二、被人害死說

　　光緒帝自被慈禧皇太后「廢黜」之後，整整過了10年的幽禁生活，長期憂悶，無處發洩，「怫鬱摧傷，奄致殂落」。從據清宮太醫院檔案選編的《慈禧光緒醫方選議》一書，可以看出光緒帝體弱多病。該書所選有關光緒帝182個醫方中，神經衰弱方64個，骨骼關節方22個，種子長壽方17個等。但是，光緒帝醫藥條件極好，猝死的可能性不大。他在慈禧太后死去的前一天突然崩駕，事情過於巧合，因而噩耗傳出，朝野震驚。於是，光緒帝被人謀害致死的說法，隨之流傳開來。

　　第一，袁世凱毒死光緒說。 溥儀在《我的前半生》一書中，談到袁世凱在戊戌變法時，辜負了光緒帝的信任，在關鍵時刻出賣

袁世凱

了皇上。又說：袁世凱擔心一旦慈禧太后死去，光緒帝絕不會輕饒他，所以就借進藥的機會，暗中下了毒，將光緒帝毒死。他回憶道：「我還聽見一個叫李長安的老太監說起光緒帝之死的疑案。照他說，光緒帝在死之前一天還是好好的，只是因為用了一劑藥就壞了，後來才知道這劑藥是袁世凱叫人送來的。」

上述說法雖符合情理，但也有可商榷處。光緒帝痛恨袁世凱，並「日書項城（袁世凱）名以志其憤」（枝巢子，《舊京瑣記》），這是朝中人共知的事實，所以說袁世凱想謀害光緒帝以除後患在情理之中；但袁世凱要想害死光緒帝而又不被追究，就必須得到慈禧太后主使或默許，否則由此獲弒君之罪，袁世凱不會做這樣的蠢事。況且，向皇帝進藥必須經過多道御檢，如果藥性有劇毒，很難不被檢出來。因此，袁世凱進藥毒死光緒帝的說法值得商榷。

第二，李連英毒死光緒說。英國人濮蘭德‧白克好司的《慈禧外傳》和德齡的《瀛台泣血記》等書，認為清宮大太監李連英等人，平日裡仗著主子慈禧太后的權勢，經常中傷和愚弄光緒帝，他們怕慈禧太后死後光緒帝重新掌權，對自己不利，就先下毒手，在慈禧太后將死之前，先把光緒帝害死。

第三，其他人毒死光緒說。曾做過清宮御醫的屈貴庭，在民國年間雜誌《逸經》上著文說：在光緒帝臨死的前三天，他最後一

次進宮爲皇上看病，發現皇上本已逐漸好轉的病情，突然惡化，在床上亂滾，大叫肚子疼，沒過幾天，光緒帝便死了。這位御醫認爲，雖不能斷定是誰害死了光緒帝，但光緒帝肯定是被人暗中害死的。

第四，慈禧毒死光緒說。《清室外紀》、《崇陵傳信錄》和《清稗類鈔》等書認爲：慈禧太后病危期間，惟恐自己身後光緒帝重新執政，推翻前案，倒轉局勢，於是令人下毒手，將光緒帝害死。《我的前半生》一書記載：「有一種傳說，是西太后自知病將不起，她不甘心死在光緒前面，所以下了毒手。」人們普遍認爲：年僅34歲的光緒帝，反而死在74歲的慈禧的前面，而且只差一天，這不會是巧合，而是慈禧太后處心積慮的謀害。因此，真正要害死光緒帝的最大嫌疑人就是慈禧太后。

據說慈禧太后在病重期間（時太后泄瀉數日矣），「有譖上者，謂帝聞太后病，有喜色。太后怒曰：『我不能先爾死！』」。所以指使親信太監李連英下毒手，把光緒帝害死。

啟功先生在《啟功口述歷史》一書中說：

我曾祖遇到的、最值得一提的是這樣一件事：他在任禮部尚書時正趕上西太后（慈禧）和光緒皇帝先後「駕崩」。作爲主管禮儀、祭祀之事的最高官員，在西太后臨終前要晝夜守候在她下榻的樂壽堂外。其他在京的、夠級別的大臣也不例外。就連光緒的皇后隆裕（她是慈禧那條線上的人）也得在這邊整天伺候著，連梳洗打扮都顧不上，進進出出時，大臣們也來不及向她請安，都惶惶不可終日，就等著屋裡一哭，外邊好舉哀發喪。西太后得的是痢疾，所以從病危到彌留的時間拉得比較長。候的時間一長，大臣們都有

些體力不支，便紛紛坐在台階上，那兒那兒都是，情
景非常狼狽。就在宣布西太后臨死前，我曾祖父看見
一個太監端著一個蓋碗從樂壽堂出來，出於職責，就
問這個太監端的是什麼，太監答道：「是老佛爺賞給
萬歲爺的塌拉。」「塌拉」在滿語中是酸奶的意思。
當時光緒被軟禁在中南海的瀛台，之前也從沒聽說過
他有什麼急症大病，隆裕皇后也始終在慈禧這邊忙
活。但送後不久，就由隆裕皇后的太監小德張（張蘭
德）向太醫院正堂宣布光緒皇帝駕崩了。接著這邊屋
裡才哭了起來，表明太后已死，整個樂壽堂跟著哭成
一片，在我曾祖父參與主持下舉行哀禮。其實，誰也
說不清西太后到底是什麼時候死的，也許她真的挺到
光緒死後，也許早就死了，只是密不發喪，只有等到
宣布光緒死後才發喪。這已成了千古疑案，查太醫院

中南海儀鸞殿（今懷仁堂）

的任何檔案也不會有真實的記載。但光緒帝在死之前，西太后曾親賜他一碗「塌拉」，確是我曾祖親見親問過的。這顯然是一碗毒藥。

上引啓功先生口述歷史中的「樂壽堂」在頤和園，不在中南海，可能是先生口述疏忽或記錄疏誤。據中南海研究專家吳空先生講：中南海儀鸞殿被八國聯軍焚毀，後移址新建的儀鸞殿，爲慈禧太后晏駕之所，今殿名爲懷仁堂；原址新建的儀鸞殿，改名爲海晏堂，袁世凱時改名爲居仁堂，今已拆毀。

以上四種說法，都有道理，也都不能證實。那麼，光緒皇帝到底是怎麼死的？這裡面有疑案值得探討。

三、死因之疑案

光緒皇帝是怎麼死的？是自然死亡，還是被人害死？怎樣看待這樁歷史疑案？

上文已經說過，清代官方文獻和宮廷檔案都表明：光緒帝是病死的。但是，從光緒帝死的那天開始，人們就懷疑他不是正常死亡。人們總覺得他死在慈禧太后前面，而且只比慈禧太后早死了不到一整天，僅20個小時，這件事太奇怪了！肯定是有人最後幾天在藥裡下了什麼東西。但所有這些猜疑，到今天爲止，也只是猜疑，因爲至今沒有確鑿史料證明光緒帝是被害死的。

下面排比正史文獻資料，可以看出光緒帝病情變化。光緒三十四年（1908）十月：

初一日，光緒帝詣儀鸞殿，問慈禧皇太后安。《清德宗實錄》卷五九七記載，自癸酉至戊辰「皆如之」，就是從初一日至十六日，每天都是如此。

初二日，奉皇太后御勤政殿，日本使臣伊集院彥吉覲見。又到儀鸞殿向皇太后問安。

初三日，到儀鸞殿，向皇太后問安。

初四日，到儀鸞殿，向皇太后問安。

初五日，到儀鸞殿，向皇太后問安。

初六日，上御紫光閣，賜達賴喇嘛宴。又到儀鸞殿，向皇太后問安。

初七日，到儀鸞殿，向皇太后問安。

初八日，到儀鸞殿，向皇太后問安。

初九日，奉慈禧皇太后「幸頤年殿，侍晚膳，至癸亥（十一日）皆如之」。

初十日，慈禧皇太后生日，光緒帝率百官至儀鸞殿行慶賀

御藥房研藥的瓷藥缽　　　　御藥房煎藥的銀藥鍋

銀質四連藥瓶

禮。幸頤年殿，侍皇太后晚膳。

十一日，到儀鸞殿問皇太后安。幸頤年殿，侍皇太后晚膳。

十二日，到儀鸞殿問皇太后安。幸頤年殿，侍皇太后晚膳。

十三日，到儀鸞殿問皇太后安。幸頤年殿，侍皇太后晚膳。

十四日，到儀鸞殿問皇太后安。幸頤年殿，侍皇太后晚膳。

十五日，到儀鸞殿問皇太后安。幸頤年殿，侍皇太后晚膳。

十六日，到儀鸞殿問皇太后安。幸頤年殿，侍皇太后晚膳。

十七日至十九日，御醫屈貴庭說：他在光緒帝臨死前三天給光緒帝看病，病情突然惡化，在御榻上亂滾，大叫肚子疼。

二十日，《清德宗實錄》記載：「上不豫。」光緒帝病。懿旨：「醇親王載灃之子溥儀，著在宮內教養，並在上書房讀書。」又懿旨：「醇親王載灃，授爲攝政王。」

二十一日，「上疾增劇」，光緒帝病重。接著，「上疾大漸」，病危。酉刻，光緒帝崩於西苑瀛台之涵元殿。

二十二日，慈禧皇太后葉赫那拉氏疾大漸，未刻，崩於儀鸞殿。

綜合以上資料，提出幾點疑問：

第一，實錄記載，值得重視。《清德宗實錄》記載，光緒皇帝雖然有病、多病，但都是慢性病。臨死三天前，仍能進行政事、家事活動。且發病突然，來勢急猛，不排除中毒而死的可能。

第二，檔案資料，值得懷疑。前引：光緒三十四年（1908）十月二十一日子刻，御醫張仲元等人診得：「皇上脈如絲欲絕。肢冷，氣險，二目上翻，神識已迷，牙齒緊閉，勢已將脫。謹擬生脈飲，以盡血忱；人參一錢、麥多三錢、五味子一錢。水煎灌服。」隨後，又經御醫多方努力，卻無力回天。依此證明光緒帝是病死的，但要思考一個問題：何爲因？何爲果？顯然，據上述檔案

判斷光緒帝是病死的，卻忽略了一個事實——御醫張仲元等看到的如果是在光緒帝喝了慈禧太后親賜他的一碗含毒藥的「塌拉」後而出現的症狀，怎麼能說是病死的呢？

　　第三，口述歷史，值得重視。「但光緒帝在死之前，西太后曾親賜他一碗『塌拉』，確是我曾祖親見親問過的。這顯然是一碗毒藥」，這是啟功先生曾祖父親見親問的。啟功先生的曾祖父，既是禮部尚書，又是當時親歷者，他的口述歷史資料，尤當引起重視。

　　第四，御醫著文，值得研究。御醫屈貴庭民國年間在《逸經》雜誌上說：在光緒帝臨死的前三天，他最後一次進宮為皇上看病，發現皇上本已逐漸好轉的病情，但其病情「突然惡化，在床上

光緒皇帝與隆裕皇后合葬的崇陵

亂滾，大叫肚子疼」，沒過幾天，光緒帝便死了。因此，御醫根據親歷所寫的文章，很值得研究。

根據以上四點，我個人認為：不排除光緒帝被毒死的可能性。

如果光緒帝確被害死，最大的嫌疑人顯然就是慈禧太后。

然而，歷史是複雜的。像慈禧太后這樣的人物，台上表演的與台下操作的，可能一致，也可能相悖。為給光緒帝治病，慈禧太后曾採取了一些措施：其一，遍求天下名醫。從光緒三十四年（1908）春天開始，軍機處又不斷下發廷寄，徵召天下名醫急速來京為皇上診治。於是，先後有陳秉鈞、曹元恆、呂用賓、周景濤、杜鐘駿、施煥、張鵬年等名醫來京。其二，遍尋天下名藥。光緒三十四年（1908）八月，軍機處電告各地迅速貢獻上等名藥，其中有廣陳皮、甘枸杞、蘇芡實、北洪參、苡米、桑寄生、杭白芍、茯苓等先後送至京城。人們很難判斷慈禧太后這些舉措背後的真實目的。慈禧太后是一個權術高明的大政客，即使要毒死光緒皇帝，她不會，也不可能在眾人面前，赤裸裸地表露出自己的真實意圖。

由光緒帝之死，人們聯想到「三個女人和一個男人」共四條人命同慈禧太后有關係，這就是：慈安皇太后鈕祜祿氏、同治皇后阿魯特氏、光緒帝珍妃他他拉氏和光緒皇帝。這些歷史疑案和難題，供大家思考，望學者研究。

光緒帝無子，他死後，皇嗣只能在宗室中選擇。慈禧太后懿旨：「攝政王載灃之子溥儀，著入承大統，為嗣皇帝。」這就是宣統皇帝。

相關推薦書目

(1) 徐徹，《光緒帝本傳》（遼寧古籍出版社，1996）。

(2) 溥儀，《我的前半生》（群眾出版社，1964）。

(3) 孫孝恩，《光緒評傳》（遼寧教育出版社，1985）。

(4) 馮元魁，《光緒帝》（吉林文史出版社，1993）。

(5) 陳可冀，《慈禧光緒醫方選議》（中華書局，1981）。

(6) ———，《慈禧醫案研究》（中醫古籍出版社，1990）。

第十一講
清朝宮廷教育

清宮上書房

　　清朝教育，很有特點。比如說，第一，旗民教育，二元分制；第二，皇族教育，制度嚴密；第三，皇子教育，極為重視；第四，幼帝教育，頗具特色。

　　什麼是旗民分制？就是旗人和民人在不同的學校裡讀書。所謂旗人，就是八旗子弟；民人，就是不在旗的普通民眾。普通民眾上學，同明朝一樣，有國學（國子監）、府學、州學、縣學，這是公立學校；還有書院、私塾（私立學堂）等。而八旗子弟單有教育系統，旗人學校，多種多樣。

　　清朝統治者重視對旗人的教育，更重視對皇族的教育，尤其重視對皇子和幼帝的教育。中國從秦朝到清朝，應當說每個朝代都重視皇子、幼帝的教育，但清朝比歷朝更為重視，也做得更好。

　　下面分作三個題目來講：一、皇族教育，二、皇子教育，三、幼帝教育。

一、皇族教育

　　清朝皇族教育有宗學、覺羅學等。

清代普通私塾

　　宗學是清朝皇族宗室子弟的學校。清顯祖宣皇帝（努爾哈赤之父）本支為宗室，就是努爾哈赤父親塔克世的直系子孫，稱宗室。順治十年（1653）設立宗學，宗室子弟在裡面讀書，這是貴冑學校。宗學分為左右兩翼宗學。鑲黃、正白、鑲白、正藍四旗子弟入左翼宗學；正黃、正紅、鑲紅、鑲藍四旗子弟入右翼宗學。曹雪芹就曾經在右翼宗學做過事。宗學裡有滿、漢教習各若干人。學生，起初僅限親王、郡王等10歲以上者，學制六年，考滿之後，優者錄用。雍正年間，准予王、公、將軍及閒散宗室子弟，18歲以下願就學讀書及19歲以上已曾在家讀書情願就學者，入宗學。學習內容分滿、漢文，設置箭道，學習騎射。讀書子弟，月給銀3兩、米3斗、川連紙1刀、筆3枝、墨1頂；冬季給炭180斤；暑季每日給冰1塊。滿、漢教習，每月給銀2兩、米2斛，每年給棉衣紗衣1次，三年內給皮衣2次。騎射教習每月給銀1兩。乾隆年間，左翼宗學學生限70人，右翼宗學學生限60人。後左、右翼宗學名額，各設百人。

　　覺羅學是清朝皇族覺羅子弟的學校。清顯祖宣皇帝（努爾哈赤之父）旁支，就是伯叔兄弟之支為覺羅。雍正七年（1729），設八旗覺羅學，每旗一所，設在本旗衙門的旁邊。覺羅學生，鑲黃旗61

「咸安宮學記」鐵印

人，正黃旗36人，正白旗40人，正紅旗40人，鑲白旗15人，鑲紅旗64人，正藍旗39人，鑲藍旗45人。清書教習15人，騎射教習8人，漢書教習15人。滿文、漢文教習每旗各2人（鑲白旗1人）。其學生、教習的支給，與宗學相同。

此外，還有雖不屬皇族卻是貴族的學校。如咸安宮官學，因在紫禁城裡咸安宮、官立學校而得名，雍正七年（1729）設立。入學資格是：八旗及內務府三旗滿洲貢監生員、官學生及閒散人內俊秀者。咸安宮官學的學生，五年一次考試：考漢文「四書」、翻譯滿文、騎射、步射。考試成績，分等錄用。景山官學，因設在景山附近、官立學校而得名。入學資格是：內務府佐領、內管領下閒散幼童，經簡選入學。康熙二十四年（1685）設立。這是內務府官員的子弟學校。學生名額共360名，分設滿文、漢文班。凡內務府人家貧不能讀書者，准其入學讀書。學生每月給銀一兩。定期考試，成績及格，分別錄用。世職官學，凡八旗世爵內10歲以上者入學。長房官學，內務府所屬太監學校，學習滿文、漢文和蒙古文，要求能夠識字，粗通文墨就可以。蒙古官學，為內務府所屬的學校，負責培養蒙古八旗子弟。乾隆十二年（1747）設立，在咸安宮官學內。設管理事務大臣1人，以理藩院尚書兼任；總裁3人，以理藩院司員兼任；教習2人，額外教習1人。入學的學生，八旗蒙古每旗3名，蒙古八旗共24名。學習蒙古文經書，以及翻譯等。

二、皇子教育

清朝諸王，天潢貴冑，所受教育，系統完整。皇帝對皇子的教育，首選為成龍，其次為襄政，又次為領兵，再次為務學，復次為書畫。

其實，早在清入關之前，清太祖天命和清太宗天聰、崇德年

間，就已經開始重視皇子的教育。努爾哈赤創製滿文後，在赫圖阿拉，爲子侄請師傅，教他們讀書識字。皇太極是努爾哈赤16個兒子中，受教育最好的一位。皇太極時期，更重視對皇子的教育。但在清太祖、太宗時，矢鏃紛飛、爭戰不已，無暇顧及建立皇子教育制度。清定都北京後，順治帝青年早逝，皇子年幼，也未及建制度。康熙皇帝爲著大清江山永固，社稷綿延億萬斯年，開始對諸皇子進行嚴肅的教育。從此，皇子皇孫的教育，不僅制定嚴格的制度，而且進行嚴肅的管理。清朝皇子教育，有以下的特點：

第一，上學年齡。康熙帝定制，皇子6歲開始在上書房讀書。這裡包括皇子、皇孫、皇曾孫、皇玄孫等。到上書房讀書的還有諭准的特殊人員，如上書房有伴讀，功課與皇子不同，其伴讀另有伴讀師傅；還有部分額駙，如乾隆帝之女和敬公主之額駙，9歲時即命隨諸皇子讀書。又如道光二十四年（1844）二月諭：「原任御前大臣一等公博啓圖之子景壽，著指爲壽恩固倫公主之額駙，……先賞給頭品頂戴，在上書房讀書。」（《清宣宗實錄》卷四○二）

第二，讀書地點。皇子讀書的地點在上書房。上書房（又稱上齋）的地點，在皇宮、西苑、暢春園和圓明園都有。皇宮內，上書房在乾清宮左，五楹，面北向（《嘯亭雜錄・續錄》）。地點選在乾清宮附近，爲了皇帝幾暇時便於到上書房檢查。毓慶宮也曾作爲上書房。上書房建立的時間，學者見解不一。大體說來，上書房康熙朝已有，雍正朝確定制度。

但是，上書房雖離皇宮乾清宮、養心殿較近，但離宮外皇子、皇孫、皇曾孫、皇玄孫較遠。有的皇子、皇孫沒有住在紫禁城裡，這些「諸位阿哥皆每日走三四里，然後至書房讀書。下午讀完書，又走三四里，然後回家。若多天有走六七里者。皇子、皇孫皆大半如是」（《曝書雜記》）。

　　第三，上課時間。皇子在上書房讀書，早上寅時（3-5時）到上書房，先預習昨日的功課；授讀師傅在每日卯刻（5-7時）到書房。許多師傅家住外城，要很早就起床，特別是冬天，很辛苦。師傅到上書房之後，皇子相揖行禮，師傅相揖回敬。據記載：寅刻（寅正4時）到上書房，先學習滿洲語文、蒙古語文後，習漢語文。師傅到上書房，以卯刻（卯正6時）為準。年幼的課程簡單，午（午正12時）前就下學。晚下學者，至未正（未正14時）二刻，或至申（申正16時）（《養吉齋叢錄》）。休假日，一年之中只有元旦一天和臘月二十九、三十兩個半天。相比之下，今日學生的假日還是比較多的。這個制度，是康熙帝建立的。

西苑南海補桐書屋

皇子未分藩者，每日未正（未正14時）二刻，下書房；分藩後與外府讀書之王、貝勒等均一樣，午初（午正12時）下書房。每年封印至開印、初伏至處暑，均午初下書房，萬壽節（皇帝生日）

收錄嘉慶皇子時期詩文的《味餘書室全集》

及前一日放假。元旦、端午、中秋及本人生日都不到上書房。若奉派拈香等差，奉差完畢，仍回書房。

早餐辰初二刻、晚餐（相當於漢族的午餐）午正，均送到書房下屋。如屆時功課未完，或罰背書、罰寫字，待師傅准去吃飯後才許去。隨侍的內諳達、太監等，沒有敢催促者。下書房也這樣。師傅在書房只吃晚餐。

第四，學習內容。上書房功課的內容，主要有：一是滿洲語文、蒙古語文、漢語文；二是儒家經典，如「四書」「五經」等；三是騎馬射箭，後來加火槍；四是文化知識，史部、子部、集部的書；五是作詩；六是書法等。上書房大致每日清書（滿文）不過四刻，其餘均爲漢課（漢文）。早餐後至晚餐讀生、熟書，晚餐後寫字、念古文、念詩。年稍長，加看通鑑、作詩、作論，日減去寫字，其間也有學習作賦者，但不作時文（當時的流行文體）。

皇子在上書房讀書，嘉慶帝、道光帝都有回憶：

嘉慶帝說：「予六歲入學，習經書，十三學詩，十七屬文。」（《味餘書室全集‧原序》）

嘉慶帝為皇子時的作業

道光帝回憶道：「予自六歲入上書房，受誦經史。在上書房三十餘年，無日不與詩書相砥礪。」

第五，選定師傅。皇子學習，重在選師。康熙帝親自爲皇子們選定師傅，初有張英、熊賜履、李光地、徐元夢、湯斌等一代名儒。皇子老師中的漢人師傅，主要教授儒家經典。如徐乾學，江蘇昆山人，是康熙九年（1670）的探花（殿試一甲第三名），以文章名於世；他的一位弟弟考中狀元，另一位弟弟考中探花，世稱「昆山三徐」。

滿人師傅稱諳達——內諳達教滿文和蒙古文，外諳達教弓箭、騎射技藝。

習武課在上書房的階下，設爲習射之所。皇帝政事之暇，便呼皇子、王子習射。諸師傅善射者也參與，優秀者賜帛或賜翎枝，以爲常課（《天咫偶聞》）。教習騎射的師傅，每早先在書房等候，俟讀書者至，即教拉弓，各屋依次，教畢退出。然後蒙古諳達教蒙古話，接著滿諳達教滿文及翻譯。三項諳達見了皇子要長跪請安，稱奴才。見外府讀書的王、貝勒等單腿請安。蒙古諳達站立教授，滿洲諳達坐著教授。

第六，學習紀律。上書房的教學紀律，非常嚴格。舉例如下：

　　例一，乾隆五十四年（1789），上書房集皇子、皇孫、皇曾孫、皇玄孫四代於一堂，以師傅曠誤，更易降責有差。閣學何肅、遠椿均革職，各責四十板，仍在書房効力行走（《枝巢清宮詞注》）。

　　例二，讀書者每日至下午歇息不過一兩次，每次不過一刻，仍須師傅准去始去。讀書之暇，或講書或討論掌故，不准常至下屋及出院閑走。各屋應罰書、罰字，唯師傅命是聽。也有罰下榻立讀者（就是罰站），只是從來沒有罰跪的。

　　例三，師傅准戴便帽、吃煙，讀書者不准，但天熱時准摘帽脫鞋。夏季准換紗衫，不准解帶。

　　例四，暑天上課時，不准揮扇。

　　例五，嘉慶時，以三阿哥入書房，肅王永錫送文玩、玉器，嚴諭切責，退回所進物，並免去肅王所兼一切差使（《枝巢清宮詞注》）。

　　例六，隨侍內外人等，均在窗外或明間聽差，聽到呼喚才可以進入書房。如有語言喧譁不守規矩者，由總諳達懲辦，太監由內諳達懲辦。

　　第七，禮遇師傅。凡皇子初就學，見師傅都要做長揖。每年元旦、令節，師傅送受業及同念書者文玩、書帖等物，

乾隆帝幼時的騎射師傅貝勒允禧

回報以食物等。端陽節，師傅各送扇一柄，回報同上。都不送珍異、奇玩。師傅及受業者生日，各以如意、食物爲禮。

清朝定制：上書房師傅凡宴會、賞賜與王公及一品大臣同。有大事召對，列班在軍機大臣、大學士之下，尚書之上。這表明清朝皇帝對皇子師傅的敬重。

第八，獎勵優秀。嘉慶二十五年（1820）六月戊申，諭內閣：「綿悌（慶親王永璘之子）年甫十齡，詢以清語，俱略能奏對。所肄漢書，現讀至《下論語》。察其資性，尙爲聰穎。著加恩在上書房伴讀。該衙門即於編檢內遴選授讀之員，帶領引見。七月初四日與綿悌同入上書房。」（《清仁宗實錄》卷三七二）

第九，師生飲食。上書房各屋的炭盆及師傅飯食，由該處太監預備。行取師傅衣服包、雨具等物件，也由太監取送。書房烹茶，都用玉泉山水（《九思堂詩稿》）。

皇子教育見上，幼帝的教育，以光緒帝上學讀書爲例，略加介紹。

三、幼帝教育

清朝的幼帝較多：順治帝6歲繼位，康熙帝8歲繼位，同治帝6歲繼位，光緒帝4歲繼位，宣統帝3歲繼位。清入關後十位皇帝，少年天子就占了五位。因此，清朝對幼帝的教育，在中國歷朝歷代中，制度是最完善的，資料也是最豐富的。下面我以光緒帝上學爲例，簡單介紹一下。

光緒帝的學舍，在毓慶宮。毓慶宮是康熙帝爲皇太子允礽而特建的宮殿。後經修繕、擴建，有大殿、配殿、套殿、圍房、值房等建築。毓慶宮正殿爲惇本殿。皇太子允礽第二次廢後，毓慶宮是康熙帝的別宮，裡面住著妃嬪、答應等32位（《總管內務府摺》，

乾隆五十四年）。乾隆帝幼年住在毓慶宮。乾隆〈新正重華宮詩注〉說：「予十二歲始蒙聖祖養育宮中，入居此宮（毓慶宮）。十七歲遷乾西五所之二所娶後。」嘉慶帝做皇子時，5歲就在毓慶宮住過，一直住到15歲。顒琰在嘉慶元年（1796）正月初一日，正式繼位。這時乾隆帝為太上皇，嘉慶帝從所居的擷芳殿，移居到毓慶宮（嘉慶帝，〈毓慶宮記〉）。所以在毓慶宮立杆祀神，並在宮中行祀灶諸禮（《養吉齋叢錄》）。乾隆帝故去後，嘉慶帝才搬進養心殿居住。此後，一度停止皇子在毓慶宮居住。個中原因，嘉慶皇帝說：

乾隆年間，予兄弟及侄輩，自六歲入學，多有居於此宮，至成婚時，始賜居邸第，此數十年之定則也。予蒙恩獨厚，自乙卯（冊立）至己未（親政），居此四年，今雖居養心殿，若仍定皇子居毓慶宮，致啟中外揣摩迎合之漸，大非皇子之福。故予留置毓慶宮，為幾暇臨幸之處。（嘉慶帝〈毓慶宮即事·跋〉）

毓慶宮建築群

在光緒朝，光緒帝開始入學讀書，就在毓慶宮。當時他的教室在毓慶宮，寢宮也在毓慶宮東室，師傅則在南屋敬候（《翁文恭公日記》）。光緒帝上學的制度和景況，從奕譞上〈光緒皇帝讀書習武章程〉中，可以知道一些實際情況。

第一，上學時間。從光緒二年（1876）開始上學讀書。這時光緒帝虛歲6歲。

第二，學習課程。

（1）每日皇帝到書房，按照上書房的規矩，先拉弓，次習語文，讀清書（滿語文），後讀漢書（漢語文）。

（2）射箭：因尚在沖齡，僅習拉弓，兩三年後，即學習步射。隨時可向諸近臣問答滿語，講求武備。

（3）打槍：10歲以後，即學習打槍，以重根本舊俗。屆時，於春、秋二季，每間十日，於召見後，至南海紫光閣前，學習打槍。

（4）乘馬：4歲時，在府第學習乘馬，不要間斷。自入學後，每隔五日，於下書房後，在宮內長街學習乘馬。由教清書的御前大臣一人，壓馬大臣三、四人，進行教習。如遇有禮節及風雨和嚴寒酷熱，均停止乘馬。

第三，學習方法。誦讀與討論，二者不可偏廢。讀書之暇，與師傅隨時討論，以古證今，屏除虛儀，務求實際。

第四，半功課與整功課。初入學時因年幼，為半功課；到8歲時，再改為整功課。整功課時，每月朔（初一日）、望（十五日），均半功課。每年初伏至處暑，封印至開印，均為半功課。

第五，吃飯。半功課時，下書房後傳晚膳；將來整功課時，在書房傳晚膳。

第六，放假規定。

（1）慈安太后生日、慈禧太后生日、皇帝生日，都於正日及其

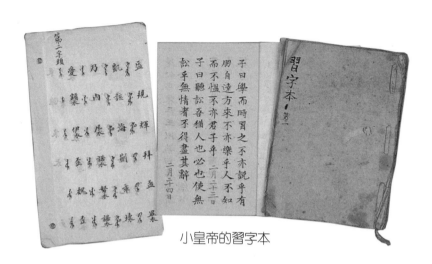

小皇帝的習字本

前後各一日，不上學，停學3天。

（2）自彩服日（十二月二十一日），到來年正月初五日，放寒假。

（3）正月十三日至十六日，過元宵節，不入學。

（4）端午節、中秋節，各一日，不入學。

（5）將來皇帝親祭壇廟之日不入學，但齋戒之日仍入學。

第七，嚴格紀律。嚴飭皇帝不得各處遊覽，以重課程。立功課簿，以便稽查。

第八，禮儀。皇帝初至書房，接見授讀師傅典禮，均循照舊章。皇帝入學時刻，現經皇太后欽定，每日俟召見、引見後至書房。

光緒帝上學也很苦。一日，光緒帝忽然在馬褂上套馬褂。尚書問其故。光緒帝曰：「寒甚。」尚書曰：「上何不衣狐裘？」上曰：「無之。」因為當時狐裘裂縫，還沒有修補完，所以只好多穿一件馬褂。大臣們議論說：「天家之制，其儉如此。」

宣統三年（1911），溥儀上學也在毓慶宮。大學士陸潤庠、侍

郎陳寶琛等奉命在毓慶宮授讀。副都統伊光坦隨時教習清語清文（《宣統政紀》）。在武漢軍事相持之時，京師士大夫，多盡室南下，陸鳳石相國、陳弢庵侍郎，尚逐日入毓慶宮教授。

總之，從清宮的教育，我們可以看到：

第一，清朝皇子教育，經驗值得借鑑。總起來說，清朝的皇子、皇孫，都受過系統完整的儒家教育，也受過滿、蒙、漢語言文化教育，還受過騎馬、射箭、打槍等軍事與體育的訓練，有利於民族之間文化交流，也有利於中華文化的融合。

第二，教育是重要的，但不是萬能的。清朝皇子教育目的在於「大清億萬斯年」，就是清朝江山永固，萬世長存。一個皇朝能否永存，比教育更重要的是制度。清朝制度存在缺陷，未能做到「周邦雖舊，其命維新」。結果，西方列強侵逼，國內矛盾尖銳，最後退出歷史舞台。

第三，旗民教育分制，不利民族團結。清代重視旗人子弟的教育，他們比民人學校得到更多入學、就業、晉升的機會，使得自清初以來的民族關係，不是得到調整和化解，而是日益嚴重和激化，再加上西方列強侵略，喪權、辱國、割地、賠款等其他因素，最後導致覆亡。

所以，我們既要汲取清朝宮廷教育的歷史經驗，又要借鑑清朝宮廷教育的歷史教訓，不斷革新，不斷進取，像《盤銘》所載：「苟日新，日日新，又日新。」

相關推薦書目

(1) 萬依主編，《故宮辭典》（文滙出版社，1996）。
(2)《清史稿・選舉志一》（中華書局，1977）。
(3) 鄂爾泰等，《國朝宮史》（北京古籍出版社，1987）。
(4) 章乃煒等，《清宮述聞》（紫禁城出版社，1990）。

（5）《欽定八旗通志》（吉林文史出版社，2002）。

【附錄】奕譞：光緒皇帝讀書習武章程

將清、漢、蒙文課程及騎馬、射箭等事章程（十六條）（清光緒二年正月奕譞摺）

一、本年四月二十一日，皇帝初至書房，接見授讀師傅典禮，均擬循照舊章。

二、每日皇帝至書房，擬照上書房規矩，先拉弓，次習蒙古話，讀清書，後讀漢書。

三、皇帝入學時刻，現經皇太后欽定，每日俟召見、引見後至書房。現係半功課。於下書房後傳晚膳。將來整功課，即在書房傳晚膳。

四、現在皇帝甫入書房，係半功課，於八歲時，擬改整功課。

五、誦讀與討論，二者不可偏廢。皇帝讀書之暇，總宜與師傅隨時討論，以古證今，屏除虛儀，務求實際。切句、誦聲甫輟，旋即退息。

六、每遇慈安太后萬壽聖節，慈禧太后萬壽聖節，皇帝萬壽聖節，均於正日及前後各一日不入學。

七、年終自彩服日至次年初五日不入學。

八、正月十三日至十六日不入學。

九、端午日、中秋日，均一日不入學。

十、每遇天壇大供，太廟行禮，奉先殿行禮，壽皇殿行禮，大高玄殿拈香，均於是日撤去拉弓、習蒙古語、讀清書。仍讀漢書，由授讀師傅酌減。

十一、宗親宴，向係正月十三日。廷臣宴，向係正月十六

日。中正殿看布扎克，保和殿筵宴，向均係十二月下浣彩服以後，原在不入學期內。此外如中正殿轉察克蘇木（如俗念轉咒經之類），紫光閣筵宴，及十二月二十三日、正月十九日，西廠子筵宴，每年初伏至處暑，封印至開印，均擬半功課。

十二、將來皇帝親祭壇廟，是日，擬不入學，齋戒之日仍入學。

十三、將來整功課時，每月朔望，均半功課。

十四、現在皇帝尚在沖齡，僅習拉弓，兩三年後，即應學習步射。十歲以後，即應學習打槍，以重根本舊俗。屆時擬於春秋二季，每間十日於召見後，至南海紫光閣前，學習打槍。稍坐，即還宮，仍入學讀漢書。是日，撤去滿洲、蒙古功課。並請懿旨，嚴飭皇帝，不得各處遊覽，以重課程，至於騎射，亦係滿洲要務，此時擬暫不議。

十五、乘馬一事，必應自幼學習，方臻爛熟。皇帝四歲時，在府第學習乘馬，即不畏懼，正宜乘此不使間斷。擬自入學後，每隔五日，於下書房後，在宮內長街學習乘馬。令是日教清書之御前大臣一人，壓馬大臣三、四人，進內教習。如是日，遇有禮節及風雨，並嚴寒酷熱，均擬停止。

十六、御前乾清門王大臣、侍衛臣，係親近之臣。嗣後皇帝學習步射時，擬請派令數人，隨同較射，俾有觀摩。並請飭下御前大臣，隨時請皇帝向諸近臣問答清語，講求武備。

（引自《清宮述聞》，文字略有改動）

清朝宮廷過年

皇帝書寫的「福」字

　　春節，過去叫過年，是中華民族一年中最重要、最隆重、最盛大、最喜慶的全民節日。那麼，清宮是怎樣過年的呢？

一、準備過年

　　農曆臘月，就是十二月，從初一日就開始準備過年。

　　第一件事：皇帝開筆寫「福」字。清代皇帝過年有親筆寫「福」字的習俗。從康熙帝開始，將寫好的第一個「福」字，掛在乾清宮的正殿，其餘的張貼於後宮等處，有的則賜給王公大臣等人，當時人們以獲得「福」字為榮。乾隆二年（1737），定於十二月初一日，在漱芳齋開筆寫「福」字，以後成為常例。皇帝寫「福」字很有講究。毛筆是黑漆筆管，管上刻有金色「賜福蒼生」四字。寫「福」字多用絹，先塗上丹砂，再繪以金雲龍花紋。乾隆年間，曾任禮、戶兩部尚書的王際華，是一個幸運者。際華，浙江錢塘人，乾隆十年（1745）探花。在職31年間，得到「福」字24幅，他把這些「福」字加以裝裱，掛在廳堂，將廳堂命名為「二十四福堂」。

　　恭王府花園裡今存的大紅「福」字，就是康熙帝的真跡。據恭王府管理處劉霞副主任介紹，這個「福」字有五個特點：第一，左偏旁的「示」，草書像「才」字；第二，左偏旁的「示」，草書又像「子」字；第三，右偏旁「畐」的上半部，草書像「多」字；第四，右偏旁「畐」的下半部「田」，草書像未封口，表明疆土無垠，國富民阜；第五，右偏旁「畐」整體看像草書「壽」字——所以，人們聯想這個「福」字蘊含五層意思：多子、多才、多田、多壽、多福。清宮當時寫的「福」字雖然多，但留存下來的卻很少。因此，恭親王府花園的「福」字，被譽為「天下第一福」。

　　第二件事：大臣獻吉祥字畫。早在南宋時，就有大臣向宮廷

進獻吉聯、畫軸的習俗。清朝官員，更加重視。每年從臘月初一日起，內廷的文臣撰寫各宮新年懸掛的椒屏、歲軸，呈皇帝御覽之後交內務府，按照吉語內容，繪製景物圖畫，並在上面題詞，做成吉祥字畫，向後宮進獻張掛。

第三件事：正常聽政。

臘月初八後，過年的氣氛越來越濃。

臘八：相傳臘月初八為釋迦牟尼成佛日。早在北宋汴梁（今開封）有僧、俗在臘八日，煮果子雜料粥，稱「臘八粥」，互相

恭王府花園「福」字碑，上鈐「康熙御筆之寶」

饋贈。清朝北京臘八粥，用料為黃米、白米、江米、小米、菱角米、栗子、紅豇豆、紅棗、桃仁、杏仁、瓜子、花生、榛仁、松子、葡萄乾及紅糖等。

初八日，皇宮內，在中正殿前舉行儀式。中正殿（已焚毀）位於紫禁城雨花閣之北、建福宮之南，是清宮藏傳佛教誦經及辦佛事的重要場所。屆時，在殿前設黃氈圓帳，稱「小金殿」，皇帝升

殿，御前大臣陪侍，眾喇嘛在殿外唪經，由達賴喇嘛或章嘉胡圖克圖，為皇帝拂拭衣冠，除災去邪，以袚不祥。在宮外，皇帝派親王、郡王、大臣，到雍和宮管理煮粥、獻粥、施粥等事。這些帶有民族特色的活動，在明朝時是沒有的。

清人繪《放爆竹圖》

放爆竹：清宮規定，臘月十九日，始放爆竹。放爆竹之俗，魏晉以前就有記載。相傳：西方山中有一種人長尺餘，一隻足，名叫「山臊」。如果有人觸犯了牠，就令其發冷發燒。當地人將竹子放入火中，竹爆聲響，山臊驚懼而逃，人們得以消災免禍。後到宋代，用紙做炮仗，但仍稱「爆竹」或「炮仗」。清宮在臘月二十四日以後，若皇帝出宮，每過一門，太監便放爆竹一聲，入宮也是這樣。爆竹跟著皇帝放。在內廷執事太監、官員，根據爆竹聲的遠近，了解皇帝的行蹤。

封印：封印就是把印封存起來，表示放假、不辦公了。就是小年之前四天——臘月十九、二十、二十一、二十二四日之內，由欽天監選擇吉日，布告天下，各個衙門，照例封印。宮殿封印，舉行儀式：將寶印安放在交泰殿中供案上，設酒果，點香燭，請皇帝拈香行禮，官員捧著寶印出殿，內閣有關官員，到乾清門外，洗拭寶印後，捧入殿內，加以

封貯。來年正月，吉日開封。開寶印時，禮儀同前。如康熙二十年（1681）十二月二十四日封印，康熙帝不御門聽政。午時，康熙帝向太皇太后、皇太后宮問安（《康熙起居注》康熙二十年十二月甲辰）。

封印後，各部院衙門的掌印官員，邀請同僚歡聚暢飲，以酬謝一歲辛勞。封印之後，京師「萬騎齊發，前門一帶，擁擠非常，園館居樓，均無隙地矣！」但是，封印後各衙門休假，一些「乞丐無賴攫貨於市肆之間，毫無顧忌，蓋謂官不辦事也，亦惡俗也」（《燕京歲時記》）。

彩服日：臘月二十一日是「彩服日」。上書房「自彩服日，至次年初五日，不入學」（《清宮述聞》），學生開始放寒假。「彩服日」有個典故，唐朝制度官員每十天洗沐，就是洗澡沐浴，休息一天。後來一個月中的三個十天分別稱為上浣、中浣、下浣。所以《燕京歲時記》說：「兒童之讀書者，於封印之後，塾師解館，謂之放年學。」放年學，就是今天的放寒假。開學的時間，皇家是正月初六，民間是過了正月十五。大約皇家放年假（寒假）兩週，民間放年假（寒假）四週。

祭灶：臘月二十三祭灶。祭灶神習俗，歷史很久遠。灶神來歷，先秦已有，傳說不一，沒有確證。據載：漢武帝初年，大臣以祀灶可化丹砂為黃金，以黃金為器皿可以延年益壽，因而皇帝開始親自祭灶。祭灶，古時候用黃羊。據《後漢書》記載，漢宣帝時有一個人叫陰子方，因殺黃羊祭灶，後暴發，成巨富。這個習俗遂沿襲下來，但普通百姓家做不到。民間祭灶，用南糖、關東糖、糖餅等。為什麼用糖呢？為了讓灶王爺上天說好話。元代王惲謂：歲末二十四日諸神上天，家人如設供祭灶，灶君上天後，在玉皇大帝面前，可為隱惡揚善，所以祭灶都用糖，以甜其口、以粘其口。民間諺語：上天言好事，下界保平安。祭完之後，將灶神像揭下焚

燒。到除夕接神時，再供奉新灶神像。這一天，**鞭炮極多**，俗稱
「過小年」。

　　清朝宮中祭灶與北京民間一樣，在臘月二十三日。所不同的
是：其一，地點。在坤寧宮煮祭肉的大灶前。其二，貢品。祭灶神
時，要設供案、奉神牌、備香燭、擺供品，供品共33種，並由南苑
獵取黃羊一隻，使用由盛京（今瀋陽）內務府進貢的麥芽糖（關
東糖）。其三，帝后分別主祭。漢族祭灶神，禁婦女主祭（《燕
京歲時記》）。清宮祭灶神時，皇帝、皇后等先後到坤寧宮的佛
像前、神龕前、灶神前拈香行禮。皇帝禮畢回宮；皇后再行祭禮
（《**國朝宮史**》卷六）。

　　上燈：清宮規定，臘月二十四日，上天燈、萬壽燈。這一
天，總管內務府大臣率領太監，舉著燈進乾清門，將天燈安設在乾
清宮兩側的丹墀內，將萬壽燈安設在丹陛上。從安設之日起，每晚
點燃天燈，到二月初三日出燈為止。自安設之日始，萬壽燈每日升
燈聯，至除夕由內務府大臣率員役換聯，並安兩廊欄杆的燈。於除
夕、元旦、正月十一、十四、十五、十六日上燈，至正月十八日出
燈。

　　宮訓圖：臘月二十六日，清宮按年俗，張掛宮訓圖。在張
掛門神、春聯之日，東、西六宮各掛宮訓圖，贊一份於東、西
牆，每圖都畫歷代有美德的后妃故事一則，作為后妃的榜樣，至
次年收門神之日撤下收藏。各宮所掛的宮訓圖有：景仁宮《燕姞
夢蘭圖》、承乾宮《徐妃直諫圖》、鍾粹宮《許后奉案圖》、延
禧宮《曹后重農圖》、永和宮《樊姬諫獵圖》、景陽宮《馬后練
衣圖》、永壽宮《班姬辭輦圖》、翊坤宮《昭容評詩圖》、儲秀
宮《西陵教蠶圖》、啓祥宮《姜后脫簪圖》、長春宮《太姒誨子
圖》和咸福宮《婕妤當熊圖》。

　　各宮貼春聯：春聯就是桃符。早在戰國時有桃梗（桃木

鍾粹宮懸掛的
《許后奉案圖》
（局部）

人），晉時為桃符，就是在桃木板上書「神荼」、「鬱壘」二位神名，或畫此二神的像，五代時始在桃木板上書聯語，後改為在紙上書聯語。古之桃梗、桃符都用來辟邪驅鬼，改為聯語之後，多為吉祥詞句。入臘月就有文人墨客，在書房、在市肆，書寫春聯，準備過年。祭灶之後，千門萬戶，粘掛春聯，煥然一新。民間或用朱箋，或用紅紙，但清朝內廷及宗室王公等例用白紙，緣以紅邊、藍邊，非宗室者不得擅用（《燕京歲時記》）。

　　春聯原是中原民俗，清定都北京後，也在宮中掛春聯。但滿俗與漢俗不同，漢族春聯用紅紙，宮廷春聯用白絹。唯有皇帝所書的「福」字、「壽」字、春聯等，凡是賜予親近臣工的都用紅色。這可能與考慮到漢族忌白的習俗有關。我在這裡補充一句：不同民族在不同時期崇尚的顏色是不同的，如殷人尚白、周人尚紅、秦人尚黑等，元朝蒙古人尚白，明朝漢人則尚黃。

　　門神：也是中原漢族的古俗。漢代文獻記載，上古時有神荼、鬱壘二人，曾在度朔山中桃樹下，以葦索縛惡鬼餵猛虎。於是

清宮門神

當地縣官命以桃人、葦索及畫虎陳於門，用來驅鬼，後演變為繪神荼、鬱壘二人像為門神。又傳說：一天唐太宗生病，聽見門外有鬼魅哭呼號，命秦叔寶和尉遲敬德兩位將軍戎裝立於門外，果然一夜平安無事，於是令畫此二人像掛於宮門，後來就成為辟邪的門神。

　　清宮規定於每年臘月下旬張掛門神，來年二月初三日撤下貯存。清宮年節所掛的門神，為絲絹質，裝裱框架，用瀝粉貼金或用泥金描畫，也有高麗紙畫。所畫神像，現在故宮尚存的多為將軍，就是秦叔寶和尉遲敬德的畫像。畫工精細、製作考究，具有宮廷特色（《故宮辭典》）。

　　撣塵：清宮規定，每年臘月，宮中清掃，大搞衛生。內管領事務處擇吉日、吉時通知宮殿監，宮殿監預先奏聞。屆日，內管領及員役進「內右門」，由「月華門」入乾清宮、坤寧宮中掃除塵

土。在掃除過程中，宮殿監率首領、太監負責防範照料。十二宮等處掃除事宜，由宮殿監傳知各宮太監自辦。

得祿：每年臘月二十七、二十八、二十九等日，在中正殿前設供獻，並設冠袍帶履等物，皇帝御小金殿。喇嘛184人，手執五色旗旋轉，唪護法經。又有喇嘛扮二十八宿神及十二生肖。又扮一鹿，眾神護而分之。「鹿」與「祿」諧音。這本來是滿洲狩獵獲鹿的儀式，入中原後變成「得祿」的意思。

打鬼：清宮臘月二十七、二十八、二十九等日，在中正殿豎一個草人（或麵人），佛事完畢，眾喇嘛將草人出至神武門外送之。這類似古代大儺、逐屬的意思。清宮稱作「跳布扎」，俗稱「打鬼」。二十八日、二十九日、三十日，喇嘛36人在中正殿前唪迎新年喜經。

祭祖：除夕前一日，早，祭祖。如文獻記載，康熙帝在這一天躬詣太廟祭祖，致祭畢，回宮（《康熙起居注》康熙二十年十二月丁未）。祭儀：奉先殿清代列聖（已故諸帝）、列后（已故諸后）合祭於前殿，稱祫祭。事先致齋、視牲、書祝版、設樂舞及供品。遣官分別到供奉遠祖的後殿和供奉太祖以後各帝后的中殿，告將同時請至前殿行祫祭之禮，並奉祝版、上香、獻爵，行三跪九叩禮，是為袛告。並於前殿設好神座。至祭日，日出前七刻，公一人率宗室官八人詣後殿上香行禮後，捧肇祖帝后、興祖帝后、景祖帝后、顯祖帝后神牌，親王一人率宗室官若干人至中殿上香行禮後，捧太祖帝后及以下各代帝后神牌，依次至前殿，安於神座上。皇帝盥洗就位，祫祭儀開始，讀祝詞，迎神，樂奏《開平之章》；初獻，樂奏《肅平之章》，舞干戚之舞；亞獻，樂奏《協平之章》，舞羽籥之舞；終獻，樂奏《裕平之章》，舞同亞獻；受胙，撤饌，樂奏《咸平之章》；還宮，樂奏《成平之章》，皇帝率群臣最後行三跪九叩禮；送燎，王公二人率宗室覺羅官恭奉各神位

乾隆帝歲朝圖

還於中殿、後殿；禮成。

　　賜荷包：清宮對蒙古王公的禮節性的習俗。清前、中期，每至歲末皇帝賜蒙古親王大荷包一對，內裝各色玉石八寶一份；小荷包四對，內裝金銀八寶各一份；又小荷包一個，內裝金銀錢四枚，金銀錁四枚。

　　京師市民，黃昏之後，闔家團坐以度歲。酒漿羅列，燈燭輝煌，婦女兒童皆擲骰鬥葉以為樂。及到午夜，天光愈黑，鞭炮益繁，列案焚香，接神下界。和衣少臥，已至來朝，旭日當窗，爆竹

在耳，家人叩賀，喜氣盈庭。轉瞬之間，又逢新歲矣（《燕京歲時記》）。

二、清宮過年

清宮過年，有人從臘月二十三過小年開始算，也有人從除夕開始算。真正意義上的過年，是從除夕「請神」開始，到初五「送神」（有的地方初二送神）期間，是為過年。初六日，皇帝要上朝御政，商店要開門營業，皇子要上課讀書。我還是從除夕開始說皇家的過年。

除夕：農曆臘月大月三十天，小月二十九天。除夕之夜是過年的一個高潮。下面分著說。

第一，接神。清宮除夕日，皇帝於寅時（早4時前後）即起床，到養心殿的東、西佛堂及宮內其他十多處拈香行禮，出入門有爆竹聲相隨。是向各處請神佛來宮裡過年。民間，除夕接神以後，即為新年。於初次出房時，必迎喜神而拜之（《燕京歲時記》）。

第二，踩歲。除夕自戶庭以至大門，凡行走之處，都撒上芝麻秸等，在上面走，叫做「踩歲」，既取「步步高」之吉祥，又含辭舊歲之寓意（《燕京歲時記》）。皇宮裡如太后住的慈寧宮等也有這樣的習俗。

第三，早膳。每年除夕，皇帝一般不再單獨進膳，而與后、妃等人共進早膳。早膳吃什麼呢？舉一個例子：黃米飯一品，燕窩掛爐鴨子、掛爐肉、野意熱鍋各一品，燕窩芙蓉鴨子熱鍋一品，萬年青酒燉鴨子熱鍋一品，八仙碗燕窩蘋果膾肥雞一品，青白玉碗托湯鴨子一品，青白玉碗額思克森鹿尾醬一品，金饟碗碎剝野雞一品，金饟碗清蒸鴨子、鹿尾攢盤各一品，金盤蒸肥鴨一品，金盤

羊鳥叉一品，金盤燒鹿肉一品，金盤燒野豬肉一品，金盤鹿尾一品，琺瑯盤竹節卷小饅首一品，琺瑯盤番薯一品，琺瑯盤年糕一品，琺瑯葵花盒小菜一品。以上共二十一品。此外，皇后、妃嬪等各用幗子條桌，分等擺茶，有綠龍黃碗菜、霽紅碗菜等。每桌還有：黃米飯一品，餑餑二品，盤肉三品，攢盤肉一品，銀螺螄盒小菜兩個等（《故宮辭典》）。

道光七年（1827）的除夕，早膳是：「鴨子白菜鍋子一品，海參溜脊髓一品，溜野雞丸子一品，小炒肉一品，羊肉燉菠菜一品。」（《清宮檔案揭秘》）

第四，晚宴。除夕日，在保和殿舉行賜外藩蒙古王公來朝的筵宴大禮。陳中和韶樂、中和清樂於殿簷下左右，陳丹陛大樂、丹陛清樂於中和殿北簷下左右，笳吹、隊舞、雜技、百戲待於殿外東隅，張黃幕於殿南正中，設反坫於幕內，尊、爵、金巵壺、勺具備。寶座前設御筵，殿內左右，布外藩王公、內大臣、入殿文武大臣席，寶座左右陛之下，布後扈大臣席，前左右布前引大臣席，後左右布領侍衛內大臣及記注官席。殿前丹陛上左右布台吉、侍衛席，按翼品為序，東西向，北上。殿東簷下為理藩院堂官席，西向，黃幕左右為帶慶隆舞大臣、內務府大臣席，東西向。午刻，皇帝御殿，行燕禮、奏樂、進茶、進爵、行酒、進饌、樂舞、雜技、百戲、宴畢謝恩等儀節。帝后及宮眷分別詣太后宮行辭歲禮，皇后及宮眷們到養心殿給皇帝行辭歲禮，宮眷們再到皇后宮給皇后行辭歲禮。

第五，家宴。除夕皇帝的家宴，由后、妃等陪宴。平時，皇帝與后妃等不在一起用膳，除非諭旨蒙召。原因之一是後宮人太多，如康熙四十六年（1707）毓慶宮主位3位、大答應7人、小答應22人，共32人。這僅是一宮的位數，如果算上東六宮和西六宮的人數，皇帝普通用膳怎麼能全家合膳呢！所以，只有在過年的時

宮中家宴景觀

候，皇帝才舉行家宴。家宴的宴桌用有幃子的高桌，皇后宴桌擺在皇帝宴桌的左前方，其他妃嬪等位的宴桌依位次分左右兩排順序擺放。陪宴宴桌之上，按后、妃地位之別，分設綠龍黃碗、白裡醬色碗、裡外醬色碗、霽紅碗、唯紫龍碗等，每桌全備。陪宴桌各安絹花，每桌高頭點心五品，乾濕點心四品，銀碟小菜四品（南小菜、青醬菜、「三樣」、老醃菜）。

第六，上燈。清宮規定：除夕、元旦及正月十一、十四、十五、十六等六天，按例為乾清宮丹陛上的萬壽燈點燃蠟燭，稱作「上燈」。屆時，宮殿監副領侍一人，從乾清門引掌儀司奏樂人、首領、太監等，到丹陛上兩邊排列。營造司首領向上，行一跪一叩禮，贊上燈。敬事房、乾清門太監各一名，先點燃標燈，隨之掌儀司清樂起奏樂。營造司太監點燃「萬壽燈」，各處首領、太監點燃兩廂欄杆燈。正月十八日，出燈。

第七，壓歲錢。以彩繩穿錢，編作龍形，置於床腳，稱作壓歲錢。尊長賜小兒的錢，也稱作壓歲錢（《燕京歲時記》）。

正旦（初一）

　　第一，拈香行禮。正旦丑時（2時左右）皇帝起床盥洗，著吉服，在爆竹聲中，到養心殿神牌前、天地前，拈香行禮。依次到各處拈香行禮：御花園的天一門、欽安殿、千秋亭、斗壇，東六宮東側的天穹寶殿、建福宮花園的妙蓮花室、凝暉堂、廣生樓，乾清宮東廡聖人前、藥王前，坤寧宮的西案、北案、灶君前、東暖閣佛前、承乾宮、毓慶宮、乾清宮東暖閣等處，前代帝后御容或神牌前、佛像前，樂壽堂佛前，神武門外迤西大高殿，景山內壽皇殿前代列帝列后御影前。中間穿插其他禮儀，皇后及宮眷等人也大體到以上各處拈香行禮。

　　第二，元旦開筆。元旦，丑時，皇帝拈香行禮後，在爆竹聲中，到養心殿東暖閣明窗處開筆。這個習俗始於雍正年間，以後各帝都仿行。其制：每歲元旦子時或丑時，在明窗處桌上設「金甌永固」杯，內注入屠蘇酒，擺設玉燭，親自點燃，用紅漆雕雲龍盤，上放一古銅質的吉祥爐，據筆薰於爐上，先蘸朱墨，寫吉語數字，後用毛筆蘸墨，再寫吉語數字，以祈求在新的一歲裡，政和事通。所用筆的筆管皆鑴有「萬年青管」或「萬年枝」字樣。現檔案中尚存有很多元旦開筆的吉箋。如嘉慶元年（1796）元旦開筆箋為灑金朱箋，中間一行紅字為「嘉慶元年元旦良辰，宜入新年，萬事如意」，右行黑字稍小為「三陽啟泰，萬象更新」，左行黑字為「和氣致祥，豐年為瑞」。

　　第三，元旦祭堂子。堂子是滿洲祭神祭天的廟堂。在今東城正義路北口，後在今貴賓樓附近。每年元旦，皇帝要謁堂子。寅時（4時左右），由禮部堂官至乾清門奏請，皇帝著禮服乘禮輿出宮。前引大臣10人，後扈大臣2人。豹尾班執槍、佩刀侍衛20人，佩弓矢侍衛20人，扈駕前往。沿途街道清掃，警戒，午門鳴鐘，鹵簿前導。不參加行禮的漢人百官及外藩蒙古王公台吉等，都穿朝服跪送。導迎樂和鼓吹樂設而不作。至堂子後，皇帝率從祭群臣在圓

殿前拜天，行三跪九拜禮，然後出門乘
輿，導迎樂奏樂回鑾。不參加行禮之百
官跪迎，午門鳴鐘，皇帝回宮，享奉先
殿。

　　第四，享奉先殿。紫禁城內奉先殿
是皇帝祭祖的廟堂。其制：有日獻食、
月薦新、朔望朝謁、出入啓告，遇列先
帝、后誕辰，列帝、列后忌辰及各令
節、慶典，於後殿上香行禮；遇當朝皇
太后、皇帝誕辰及元旦、冬至、國有大
慶，則移列帝、列后神位於前殿祭享。
如皇帝親享，須在前三日齋戒，進祝
版，宰牲，設中和韶樂及樂舞。皇帝
跪，司祝讀祝文，皇帝三拜。禮畢，還
宮。

　　第五，皇帝早膳。皇帝元旦祭堂
子、奉先殿後早膳。早膳與平日不同，
平日帝后分食，元旦則皇后、妃、嬪共
進早膳。先上煮餑餑（即餃子），用二
號金龍盒一副盛裝。再用楠木矮桌，爲
皇帝擺設拉拉膳熱鍋一品，琺瑯碗菜

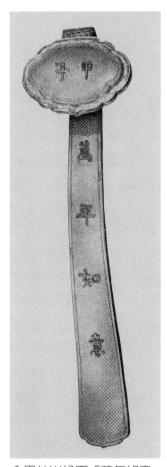

金累絲嵌松石「萬年如意」

五品，拉拉菜四品（金盤），鹿尾醬一品，碎剁野雞一品（金餞
碗），攢盤肉一品（金盤），年糕一品，點心三品（俱高盤），銀
葵花盒小菜一品，金碟小菜二品，金匙箸、湯膳碗（琺瑯碗、金碗
蓋）。皇后等用裡邊高桌四張，擺膳五品，拉拉菜七品，攢盤肉一
品，點心四品。以上共三十二品。回乾清宮進奶茶，隨即到西側的
弘德殿內進吉祥餑餑（吃餃子），其中一個餑餑內包小銀錁，放在

表面，吃到則吉利。

　　第六，元旦道新吉、遞如意。元旦日，皇帝向各處神、佛、前代帝后像行禮，到太和殿受王公、大臣及文武百官朝賀後，到乾清宮或養心殿升座，接受皇后及宮眷分別朝拜，行六肅三跪三拜禮，並接如意。皇后再在本宮升座，接受宮眷朝拜，行三跪九叩禮，並接如意。若有皇太后，則先由皇后率宮眷等到寢宮依次請安、道新吉，皇帝再到寢宮請安、道新吉。后妃宮眷等到各處拈香行禮後，太后再正式升前殿寶座，皇帝率諸王、大臣等行三跪九叩禮，退。皇后再率妃、嬪、宮眷等依次行六肅三跪三拜禮，公主、福晉、命婦等則檻外隨從行三跪九叩禮。

　　第七，元旦寫《心經》。乾隆皇帝每年元旦，必書寫《心經》一冊。另自乾隆四十年（1775）始每月之朔、望亦寫《心經》一冊，係遵照康熙皇帝的先例。《心經》按通行唐玄奘譯本只有260字，但它是長達六百卷《大般若波羅蜜多心經》的精華。

　　第八，元旦朝賀。朝賀儀式如下：屆日，五鼓，鑾儀衛陳法駕

品級山

鹵簿於太和殿前及太和門、午門前。樂部和聲署陳中和韶樂於太和殿東西簷下，設丹陛大樂於太和門北面東西簷下。有司設表案於太和殿內東楹之南，設筆硯案於殿內西楹之南。丹墀內設有銅質品級山，按正、從九品排列，東西各18排，旁有糾儀御史及禮部司官多人，辨定百官朝位。王公百官有立位和拜位。立位南北橫排，東西相向，拜位東西橫排，一律面北。王公在丹陛上，其餘百官在丹墀內，百官立位在鹵簿外，拜位在鹵簿內，外國使臣列於西班之末。天將明時，王公百官在午門外集合後，由禮部官員引至立位等候。欽天監官報時後，禮部尚書、侍郎至乾清門，請皇帝御殿。午門鳴鐘鼓，皇帝具禮服乘輿出宮，先到中和殿升座。此時，侍班、導從各官行三跪九叩禮。禮畢，侍班各官先就位。辰時（8時左右），皇帝在中和韶樂聲中升太和殿寶座。升座後，樂止，階下三鳴鞭。鳴贊官贊排班，丹陛大樂奏樂，王公百官從立位至拜位序立。贊跪，皆跪。樂止，宣表官捧表至太和殿簷下正中跪，大學士2人左右跪，展表宣讀簡短賀詞，進表於案。退，丹陛大樂復作。王公百官行三跪九叩禮，復原位立。外國陪臣另行三跪九叩禮，復原位立。樂止，皇帝賜群臣及外國陪臣坐。王公由左右門進入太和殿坐，其餘百官就立位坐，跪行一叩禮。進皇帝茶，皇帝賜群臣茶坐飲畢，行一叩禮。階下三鳴鞭，皇帝在中和韶樂中降座，百官按次序退下。

　　第九，太和殿筵宴。太和殿筵宴是清宮最高規格的最盛大的宴會，元旦等重大節日舉行。殿內寶座前設皇帝御宴所用桌子。殿內設前引大臣、後扈大臣、內外王公、額駙以及一二品大臣等人的宴桌共105張。太和殿前簷下東西兩側，陳設理藩院尚書、侍郎、都察院左都御史等人的宴桌及中和韶樂、中和清樂。太和殿前丹陛上御道正中，張黃幕，內設反坫（放酒具），丹陛上設宴桌43張，為二品以上的世爵、侍衛、內務府大臣及帶慶隆舞大臣用。三台下丹

墀左右設皇帝的法駕鹵簿，鹵簿旁東西各設8個藍布幕棚，棚下設三品以下官員的宴桌。外國使臣的宴桌設於西班之末。太和門內簷下、東西兩側設丹陛大樂及丹陛清樂。筵日，王公大臣穿朝服，按朝班排立。至吉時，禮部堂官奏請皇帝禮服御殿。午門上鐘鼓齊鳴，太和殿前簷下中和韶樂奏《元平之章》。皇帝升座，樂止。院內階下三鳴鞭，王公大臣各入本位，向皇帝行一叩禮，就座後，大宴開始：先進茶，丹陛清樂奏《海宇升平日之章》；進酒，丹陛清樂奏《玉殿雲開之章》；進饌，中和清樂奏《萬象清寧之章》；然後進慶隆舞，包括揚烈舞及喜起舞。舞畢，笳吹，奏蒙古樂曲，接著，進各族樂舞及雜技百戲。最後，丹陛大樂作，群臣行一跪三叩禮，中和韶樂作，皇帝還宮，眾人退出，宴會結束。

　　席上，除用四等滿席外，還有饌筵。饌筵主要是由宗室入八分公以上爵位者所進獻。乾隆三年（1738）元旦太和殿筵宴，用饌筵210席，用羊100隻，酒100瓶。親王12人各進8席，郡王8人各進5席（均羊3隻、酒3瓶），貝勒6人各進3席，貝子2人各進2席（均羊2隻、酒2瓶），入八分公15人各進1席（均羊1隻、酒1瓶），共進饌筵173席，羊91隻，酒91瓶；又由光祿寺均備饌37席，酒9瓶；由兩翼稅務增備羊9隻，以合命前數（《故宮辭典》）。

　　第十，內廷慶賀。皇帝元旦前朝大禮後，皇帝率王公、群臣到慈寧宮行禮。內廷等位在乾清宮向皇帝行慶賀禮。當日，在乾清宮前簷下設中和韶樂，在乾清門內設丹陛大樂。宮殿監奏請皇后率領皇貴妃、貴妃、妃、嬪等位身著禮服，會集於乾清宮東、西暖閣。當皇上回到乾清宮時，起奏中和韶樂。皇上升座畢，樂止。宮門垂簾，宮殿監引皇后率皇貴妃、貴妃、妃、嬪等位各依次在皇帝位前就拜，行六福三跪三叩之禮。同時奏丹陛大樂。禮畢，樂止，皇后等退。升簾，宮殿監再引皇子等在殿外丹陛上行三跪九叩禮。與此同時，東西丹墀下，宮殿監率各宮首領太監隨皇子行

中和韶樂樂器
之——金編
鐘

禮。禮畢，皇帝起座還宮。

第十一，皇后內廷慶賀。元旦日，向皇后行禮。受禮之處由禮部奏准行總管內務府，轉由敬事房遵照奉行。一般在交泰殿，設儀駕、中和韶樂、丹陛大樂，皇貴妃率貴妃、妃、嬪等及王妃、公主、命婦等，行六肅三跪三拜禮，再由皇子、皇孫等行三跪九叩禮。並在皇后宮中設宴。

第十二，皇太后內廷慶賀。元旦，慈寧宮設儀駕、中和韶樂、丹陛大樂，皇帝率諸王、文武群臣向皇太后行三跪九叩禮。然後由皇后率領皇貴妃、貴妃、妃、嬪等及公主、王妃、命婦等人，到皇太后宮中行六肅三跪三拜禮，皇子、皇孫等行三跪九叩禮。並在皇太后宮中設宴。

第十三，乾清宮家宴。清宮元旦、除夕，往往舉行乾清宮家

宴。屆日，乾清宮東西簷下設中和韶樂及中和清樂，乾清門內東西簷下設丹陛大樂及丹陛清樂。宮殿率所司設御筵於寶座前，設皇后寶座宴席於御座東。左右設皇貴妃、貴妃、妃、嬪筵席，東西向，俱北上。屆時，宮殿監奏請皇后率皇貴妃以下各位，著吉服，至宴次，各就本位立，奏請皇帝升座。中和韶樂作，升座畢，樂止。皇后以下各就本位行一拜禮。丹陛大樂作，奏《雍平之章》，禮畢，樂止。皇后以下各入座進饌，丹陛清樂作，奏《海宇升平日之章》，樂畢。承應宴戲，進果，中和清樂作，奏《萬象清寧之章》，樂止。進酒，丹陛清樂奏《玉殿雲開之章》，皇帝進酒時，皇后以下均出座，跪，行一拜禮，樂止。仍各入座。承應宴戲畢，皇后以下出座謝宴，行二肅一跪一拜禮，丹陛大樂作，奏《雍平之章》，宮殿監奏「宴畢」。皇帝起座還便殿，皇后以下各還本宮。

第十四，元旦承應戲。宮中按節令演唱的劇目，又稱節令承應戲。凡遇元旦、除夕等節令，都演相應的戲曲，劇本多為允祿、張照等所編，原分節令20餘種，每種有數齣，以至十餘齣。清末，大部分失傳，且劇本流失很多，常演者僅數齣。如元旦承應為《喜朝五位》、《歲發四時》。

元宵節

正月十五日為上元節，又稱元宵節。漢代宮中即有，以後歷代相沿。宋以來有在元宵夜吃煮浮圓子的習俗，後將上元節又稱為元宵節。清宮沿襲漢族民俗。乾隆御製〈元宵聯句〉詩注中說：「浮圓子，都人以元宵節食之，遂名元宵。」清宮在正月十五日前後，帝后、妃嬪等在晚膳中，有「元宵一品」。元宵在宮中還是應節食品。元宵節前後三天，宮中例行在晚膳中增元宵一品。每天早膳後，皇帝親自在神祖前上供元宵。

元宵節又稱燈節。正月十五日及前後兩天是高潮。宮內除乾

清宮前於十二月二十四日所設之天燈、萬壽燈，除夕、元旦在兩廊及甬道石欄上燈外，於正月十一、十四、十五、十六等日俱上燈，至正月十八日出燈。上燈奏《火樹望橋之章》，歌詞中最後一段是：「願春光，年年好，三五迢迢。不夜城，燈月交，奉宸歡，暮暮朝朝。」當時宮中已有冰燈，乾隆御製〈冰燈聯句〉詩序中謂：「片片鮫冰，吐清輝而交璧月；行行龍燭，騰寶焰而燦珠枓。」就是記載冰燈的盛況。

乾隆帝元宵行樂圖

正月十五日，賜外藩宴於圓明園正大光明殿。

開學：康熙朝皇子正月初六日開學。乾隆時欽天監擇二十四日吉，開學。是日清晨，皇長子、皇次子到學，總管太監傳旨，皇

子應行拜師之禮。乾隆帝召皇子及張廷玉等六人進見，面諭說：「皇子年齒雖幼，然陶淑涵養之功，必自幼齡始，卿等可殫心教導之。倘不率教，不妨過於嚴厲。從來設教之道，嚴有益，而寬多損，將來皇子長成自知之也。」（《郎潛紀聞》）皇子教育，強調從嚴。

三、兩帝過年

清宮過年，早期、中期、晚期既有相同之處，又有不同之點。下面以康熙與乾隆兩帝為例，以正旦日與元宵節作個比較。

正旦日——康熙帝

二十九日。午時，以歲除，康熙帝御保和殿，賜來朝元旦外藩王、貝勒、貝子、公等及內大臣、滿漢大學士、上三旗都統、尚書、副都統、侍郎、學士、侍衛等官宴。康熙帝進酒，作蒙古樂。康熙帝召外藩王、貝勒、貝子、公等至御前，親賜飲；又召內大臣、大學士、都統、尚書等及外藩台吉亦至御前，親賜飲。宴罷，眾謝恩畢，康熙帝回宮（《康熙起居注》，康熙二十年十二月戊申）。

正月初一日。

丑時（2時左右），起床，盥洗，著吉服。

寅時（4時左右），康熙帝率諸王、貝勒、貝子、公等及內大臣、大學士、都統、尚書、侍衛等，往堂子行禮。

辰時（8時左右），康熙帝率諸王、貝勒、貝子、公等及內大臣、大學士、都統、尚書、精奇尼哈番、侍衛等官，詣太皇太后宮行禮，又詣皇太后宮行禮。

少頃，御中和殿，內大臣、侍衛、執事各官慶賀元旦禮畢。御太和殿，諸王、貝勒、貝子、公等文武官員，來朝元旦外藩貝

保和殿內景

勒、貝子、公、台吉等，朝鮮等國使臣，上慶賀元旦表。

巳時（10時左右），御保和殿，賜外藩王、貝勒、貝子、公等，內大臣、大學士、都統、尚書、侍衛、台吉等飯。

午時（12時左右），御太和殿，大宴諸王、貝勒、貝子、公等，內大臣、侍衛、文武各官及來朝元旦外藩王、貝勒、貝子、公、台吉等，朝鮮等國使臣，樂舞作，進酒。康熙帝召和碩康親王傑書、安親王岳樂、裕親王福全、莊親王博果鐸、簡親王喇布、察哈爾部和碩親王布爾尼、多羅溫郡王猛峩、惠郡王博翁果諾、平郡

乾清門

王羅可鐸、信郡王鄂扎、順承郡王勒爾錦、多羅貝勒察尼、固山貝
子尚善等至御座前，親賜飲。又召貝勒、貝子、宗室公等，義王孫
征純、伊思旦進郡王、外藩王、貝勒、貝子、公等俱至御座前，賜
飲。又召滿漢大學士巴泰、李霨等，八旗滿洲、蒙古、漢軍都統拉
哈達、朱滿、范達禮等，滿漢尚書對哈納、黃機等及滿漢侍郎等官
至殿內，賜飲。

　　申時（16時左右），康熙帝到太皇太后宮問安（《康熙起居
注》，康熙十一年正月初一日）。

　　初十日。早，康熙帝御乾清門，聽部院各衙門官員面奏政事
（《康熙起居注》，康熙十一年正月丁巳）。

元宵節——康熙帝

　　十四日。早，康熙帝詣大享殿，行祈穀禮。午時，康熙帝御太
和殿，宴外藩王、貝勒、貝子、公等，內大臣、滿漢大學士、三
旗都統、尚書、副都統、侍郎、學士、侍衛等，樂舞作，進酒。
康熙帝召外藩王、貝勒、貝子、公等至御座前，親賜飲。又召內
大臣、大學士、都統、尚書等至御座前，親賜飲。宴罷，眾謝恩

畢，回宮（《康熙起居注》，康熙十一年正月辛酉）。

十五日。早，康熙帝御太和殿視朝。文武升轉官員謝恩畢，回宮。復御乾清門，聽部院各衙門官員面奏政事。巳時，又御保和殿，賜外藩王、貝勒、貝子、公等，內大臣、大學士、都統、尚書、侍衛及台吉等飯。午時，又御太和殿，大宴外藩王、貝勒、貝子、公等，內大臣、大學士，都統、尚書、副都統、侍郎、學士、侍衛、台吉等，樂舞作，進酒。康熙帝召外藩王、貝勒、貝子、公等至御座前，親賜飲；台吉等召入殿內，賜飲。宴罷，眾謝恩畢，回宮（《康熙起居注》，康熙十一年正月壬戌）。

元宵節——乾隆帝

乾隆六年（1741）正月十三日至二十八日，乾隆帝奉皇太后在同樂園進膳、看戲、逛買賣街，謂之「慶豐圖」。後歲以為常。正月十四日，乾隆帝在奉三無私殿，宴賞宗室王公，稱「宗親宴」。十五日在正大光明殿，宴賞朝正外藩、內大臣、大學士，稱「外藩宴」。十六日，在正大光明殿，宴賞大學士、尚書、侍郎等，稱「廷臣宴」。如乾隆七年（1742）正月十三日至十九日，每夕在山高水長殿前，設煙火。皇太后和后妃內眷在樓上觀賞，皇帝率王公大臣、外藩王公和外國使臣，在樓前觀閱。每晚還看攙跤、放花炮、盒子、舞燈。此後，山高水長殿前的元宵火戲，例從正月十三日起，至燕九日（十九日）收燈，謂之「七宵燈宴」。

「燕九」就是正月十九日，相傳為長春真人丘處機的生日。這一天，京師白雲觀一帶，「車馬喧闐，遊人絡繹。或輕裘緩帶簇雕鞍，較射錦城濠畔；或鳳管鸞簫敲玉版，高歌紫陌村頭」（《燕京歲時紀勝》）。十五日、十九日，率蒙古王公大臣等觀看。同樂園慶豐圖——十三至十九日，看完火戲之後，到同樂園看燈會；十三日午後，看舞燈。到二十七日前，乾隆帝每天奉皇太后在同樂園看慶節戲（《圓明園》）。

　　元宵燈火，由來已久。乾隆時自正月十三日起，即奉皇太后至山高水長殿前看煙火，至收燈（十九日）止。山高水長殿在圓明園內西南部，地勢寬敞，宜放煙火。每年正月十九日，舉行盛宴，並演出西洋秋千、蒙古音樂、撩跤、爬竿、冰嬉、羅漢堆塔、高麗跟頭、回部音樂等，最後放花盒，盒子之制，大小方圓不一，人物花鳥，無所不有，最後一盒子爲「萬國樂春台」，沿河編花籬，遍置花炮，星火遍燃，萬響齊發，至此結束。散後爆竹殘紙，有一寸多厚，步軍統領要率兵潑水，謂之「壓火」。嘉慶以後，逐漸減損，清末停止。

　　清宮過年，是面鏡子，從中可以看出：

　　第一，清宮過年，民族文化融合。宮廷文化與民間文化、滿洲文化與漢族文化、中華各族文化在相互融合。

　　第二，清宮過年，團圓喜慶祥和。君臣、內廷、官民、後宮、外藩的關係得到和諧。透過宴會、朝拜、祭祀、送福、拜年等，都在和諧、喜慶的氣氛中度過。

　　第三，清宮過年，各朝風尚不同。勤政的皇帝，把過年當作社會諧和的機會；享受的皇帝，把過年當作享樂的機會；庸碌的皇帝，把過年當作敷衍時光的場景。從一個皇帝怎樣過年，大致反映出那個時代的官場風氣與民風民俗。

相關推薦書目

（1）于敏中等，《日下舊聞考》（北京古籍出版社，1981）。

（2）鄂爾泰等，《國朝宮史》（北京古籍出版社，1987）。

（3）章乃煒等，《清宮述聞》（紫禁城出版社，1990）。

（4）萬依等編，《清代宮廷史》（遼寧人民出版社，1990）。

（5）富察敦崇，《燕京歲時記》（北京古籍出版社，1961）。

（6）允祿等，《滿洲祭神祭天典禮》（臺灣商務印書館影印文淵

閣《四庫全書》本，1986）。

（7）萬依主編，《故宮辭典》（文滙出版社，1996）。

【附錄】清宮喝酒與飲茶

　　清宮常用的酒，有乳酒，皇帝進謁盛京三陵、東陵、西陵用之，祭祀也用乳酒；有祭酒，凡祭祀各壇、廟，均大量使用，由光祿寺良釀署所屬酒局用玉泉山水釀造；有燕酒，凡宴會上滿席、漢席及供給各處來使均用此酒，由酒局用本局的井水釀造；有黃酒，祭祀、筵宴均用，朝鮮國貢使也給黃酒，由酒局用井水釀造；有燒酒，祭祀、筵宴時兼用，宴蒙古王公等也用燒酒，由酒局釀造，有時也從市肆採買；有藥酒，御藥房用各種酒配藥製成；有料酒，各膳房用大量料酒作調味品。皇帝經常飲用與賞用的酒，多為玉泉酒。康熙帝一般不飲酒。乾隆帝一般在晚膳時飲2兩（小兩），其子嘉慶帝每天要飲10兩左右，甚至14兩（小兩）。

　　清宮常用的茶主要有奶茶和清茶兩種：

　　一是奶茶，以浙江產的黃茶等，用奶油、牛奶加鹽熬製而成，多用於筵宴或飯間，清宮每年約用黃茶120多簍，每簍清秤100斤，共12000多斤。

　　二是清茶，就是現在的茶，所用茶葉多為各地總督、巡撫、將軍等所特貢。如乾隆年間浙江的龍井雨前茶，江蘇的陽羨茶、碧螺春茶，湖南的安化茶，江西的安遠九龍茶，福建的岩頂花茶、工夫茶、鄭宅芽茶、小種花香茶、蓮心茶，雲南的大普洱茶、中普洱茶、小普洱茶和女兒茶、蕊珠茶，四川的蒙頂仙茶、青城芽茶，陝西的紫陽茶，廣西的劉仙茶，安徽的六安茶、松蘿茶、珠蘭茶、銀針茶、雀舌茶等共30多種。至清末增至40多種。乾隆帝「留用」或「要去」的茶有蒙頂仙、珠蘭、松蘿、蓮心、花香、安化、普

洱、龍井雨前、天桂花香等幾種。西太后「留用」或「要去」的茶
則有桂花人參、珠蘭、觀音、菱角灣、春茗、龍里芽、餘慶芽、龍
泉芽和各種普洱茶等20多種（參見《故宮辭典》）。

後　記

　　早在2003年末，《紫禁城》雜誌醞釀改版，故宮博物院副院長兼該刊主編李文儒先生，同常務副主編左遠波先生商定，改版後的《紫禁城》雜誌設立「清宮百謎」專欄，約我每期撰稿一篇，長期連載。我粗算了一下，清朝十二帝，以每朝平均十個疑案計，大約應有上百個疑案。我答應試寫幾篇，然後看看再說。

　　2004年《紫禁城》雜誌正式改版，在「清宮百謎」專欄中刊出了我的〈努爾哈赤姓氏之謎〉，作為首篇，投石問路。同年出版六期，刊出拙文六篇。

　　2005年《紫禁城》出版六期，除一期特刊沒有「清宮百謎」外，又刊出我的五篇文章。

　　2006年我為「百家講壇」主講「明亡清興六十年」，每週一講，十分繁忙，無暇繼續為《紫禁城·清宮百謎》撰稿。此其一。又因為常務副主編左遠波先生轉到紫禁城出版社，接任的朱傳榮常務副主編，不好意思像左遠波先生那樣，每一期都三番五次地、不厭其煩地打電話催稿，而是尊重作者，不常電催，我便藉機喘了口氣，拖欠了一年的稿子，借此謹致歉意。此其二。於是，《紫禁城·清宮百謎》暫時停了下來。

　　話分兩頭說。到2006年12月10日，我終於完成了「明亡清興六十年」最後一講的錄播，還沒有離開錄播現場，北京電視台科教部製片人于瀛等一行，便來約我，說北京電視台2007年改版，新開了一個「中華文明大講堂」節目讓我幫忙講清史，每週一講，不要少於三個月。她並說這是北京市委常委、宣傳部蔡赴朝部長點的名。我勉為其難、倉猝準備。講什麼呢？焦急中我想起了此前曾經寫過的「清宮百謎」系列，於是跟「中華文明大講堂」商定開講

「清宮疑案正解」。由於播出期間碰到春節，廣大觀眾希望我講清宮如何過年，還希望我講清宮皇子教育。所以，「清朝宮廷過年」和「清朝宮廷教育」兩講，也列入「清宮疑案正解」之內。

　　「清宮疑案正解」的製作，採用了主講人、主持人和觀眾三方講述、對話、交流的形式，大家一齊努力。由於時間緊迫，我幾乎推掉了所有其他的事情，集中精力進行準備，而北京電視台科教部領導和「中華文明大講堂」的朋友更是為此夜以繼日、廢寢忘食。科教部主任陳虎還親自為這個系列講座撰寫廣告語。播出一段時間之後，于瀛製片人告訴我，收視率逐集高升，達到2.68，位列同時段全國電視台所有節目之首。這是出乎意料的，也是廣大觀眾的厚愛。

　　應廣大觀眾和讀者的要求，現將「清宮疑案正解」的電視講稿加以整理，由中華書局出版。北京電視台台長劉愛勤先生撥冗撰寫了本書序言。近三年來，中華書局已經先後出版了拙著《正說清朝十二帝》、《袁崇煥傳》和《明亡清興六十年》（上、下）。

　　本書出版之際，向北京電視台的主管、製片、編導、攝影等諸君，向中華書局的主管、編輯、出版、發行等諸君，深致謝意。

閻崇年

清宮十大疑案正解

2008年7月初版　　　　　　　　　　　　定價：新臺幣260元
2012年9月初版第二刷
有著作權・翻印必究
Printed in Taiwan.

著　　　者　閻　崇　年
發　行　人　林　載　爵

出　版　者　聯經出版事業股份有限公司
地　　　址　台北市基隆路一段180號4樓
編輯部地址　台北市基隆路一段180號4樓
叢書主編電話　(02)87876242轉211
台北聯經書房　台北市新生南路三段94號
　　　電話　(02)23620308
台中分公司　台中市北區健行路321號1樓
暨門市電話　(04)22371234　ext.5
郵政劃撥帳戶第0100559-3號
郵撥電話　(02)23620308
印　刷　者　文聯彩色製版印刷有限公司
總　經　銷　聯合發行股份有限公司
發　行　所　新北市新店區寶橋路235巷6弄6號2F
　　　電話　(02)29178022

叢書主編　簡　美　玉
校　　對　蘇　淑　惠
　　　　　陳　龍　貴
封面設計　黃　祉　菱

行政院新聞局出版事業登記證局版臺業字第0130號

本書如有缺頁，破損，倒裝請寄回台北聯經書房更換。　　ISBN　978-957-08-3297-6 (平裝)
聯經網址 http://www.linkingbooks.com.tw
電子信箱 e-mail:linking@udngroup.com

本書中文繁體字版由中華書局授權出版

國家圖書館出版品預行編目資料

清宮十大疑案正解/閻崇年著．
　--初版．--臺北市：聯經，2008年
　248面；14.8×21公分．
　ISBN　978-957-08-3297-6（平裝）
　〔2012年9月初版第二刷〕

856.9　　　　　　　　　　　97010949